Love 8.5.10

Friedrich Benesch

Das Ereignis der Himmelfahrt Christi

Die vierzig Tage

Vorträge
1

Friedrich Benesch

Das Ereignis der Himmelfahrt Christi

Die vierzig Tage

Urachhaus

1. Auflage 1974
2. Auflage 1974
3., erweiterte Auflage (9.–13. Tausend)

Gesamtherstellung Greiserdruck Rastatt
ISBN 3 87838 285 5

Inhalt

Vorwort

Lieber Leser!

Die fatale Art, wie heute zum Beispiel in Deutschland das Fest der Himmelfahrt Christi als sogenannter »Vatertag« popularisiert und dementsprechend »begangen« wird, ist das Ergebnis einer Dekadenz des Christentums. Der Ansatz dazu liegt bereits in der Art, wie dieses christologische Ereignis in den dogmatischen Formeln der alten Bekenntnisse ins Wort gefaßt wurde. Das ». . . aufgefahren zum Himmel, sitzend zur Rechten Gottes, des Allmächtigen, von wo er kommen wird, zu richten die Lebendigen und die Toten« konnte eigentlich mit dem bloß irdischen Bewußtsein nur mißverstanden und von solchem Unverständnis ausgehend in die Bilder und Worte des Neuen Testamentes falsch hineininterpretiert werden. Es entstand das Bild des im Jenseits des »Himmels« wohnenden Christus. Der reale Inhalt des Himmelfahrtsereignisses und die wirklichen Bereiche des »Reiches Gottes auf Erden« gingen verloren.
Durch die Christologie und Kosmologie Rudolf Steiners ist die Möglichkeit entstanden, das Ereignis, seine Bereiche und seine Wirksamkeiten neu anzuschauen. Wie alles Christologische ist auch die Himmelfahrt ein in Vergangenheit, Gegenwart und Zukunft fortwirkendes Opfern, Schaffen und Bilden der lebendigen Gottheit in einem irdischen Bereich, der himmlisch ist – man kann auch sagen: in einem himmlischen Bereich, der irdisch ist. Dieser Bereich und das in ihm und aus ihm Wirksame ist durch das Mysterium von Golgatha ganz neu entstanden.

Die in diesem Bändchen neu zusammengefaßten vier Vorträge (die beiden ersten sind schon früher erschienen) sollen Versuche sein, durch eine »Theologie der Himmelfahrt« einerseits aus der Erdenwelt, andererseits aus dem Neuen Testament das jährlich zu feiernde christliche Fest mit Inhalt zu erfüllen. Einem Inhalt, der in dem Bekenntnisgebet, wie es in der Christengemeinschaft gepflegt und anerkannt ist, neu in Worte gefaßt, so lautet:
»Er (Christus Jesus) ist seit dieser Zeit (seit der Überwindung des Todes in der Auferstehung) der Herr der Himmelskräfte auf Erden und lebt als der Vollführer der väterlichen Taten des Weltengrundes.«

Stuttgart, zu Himmelfahrt 1980

I.

Naturerscheinungen als Schlüssel: Wolkenweben – Wolkenleben – Wolkensein

Meine sehr verehrten Anwesenden!

Indem wir das Wort »Die Himmelfahrt Christi« sagen, haben wir eigentlich zunächst nur eine »Formel« vor uns. Und unser suchendes Bewußtsein schaut in irgendeine Richtung, um diese »Formel« mit Inhalt zu füllen. Es ist doch wohl selbstverständlich, daß der Blick zuerst auf das Neue Testament geht, in dem die Evangelisten in ihrer Weise auf dieses Ereignis hinschauen. Nur ist es merkwürdig, daß man nicht überall einen Wortlaut findet, der mit dieser »Formel« übereinstimmt. So heißt es zum Beispiel am Ende des *Matthäus*-Evangeliums im 28. Kapitel, Vers 16: »Aber die elf Jünger gingen nach Galiläa auf einen Berg, dahin Jesus sie beschieden hatte. Und da sie Ihn sahen, fielen sie nieder vor Ihm. Etliche aber zweifelten. Und Jesus trat zu ihnen, redete mit ihnen und sprach: ›Mir ist gegeben alle Gewalt im Himmel und auf Erden. Darum gehet hin und lehret alle Völker und taufet sie im Namen des Vaters und des Sohnes und des Heiligen Geistes und lehret sie halten alles, was Ich euch befohlen habe. *Und siehe, Ich bin bei euch alle Tage bis an der Welt Ende.*‹«
Ist das Himmelfahrt: »Alle Gewalt im Himmel und auf Erden«?
Bei *Markus,* wieder ganz am Ende, im 16. Kapitel, Vers 19 und 20 heißt es: »Und der Herr, nachdem Er mit ihnen geredet hatte, ward aufgehoben gen Himmel und sitzet zur rechten Hand Gottes. Sie aber gingen aus und predig-

ten an allen Orten, und der Herr wirkte mit ihnen und bekräftigte ihr Wort durch nachfolgende Zeichen.« Bei *Lukas,* Kapitel 24, Vers 50 heißt es: »Er führte sie aber hinaus bis gen Bethanien – und hob die Hände auf und segnete sie. Und es geschah, da Er sie segnete, schied Er von ihnen und *fuhr auf gen Himmel.* Sie aber beteten Ihn an und kehrten wieder nach Jerusalem mit großer Freude und waren allewege im Tempel, priesen und lobten Gott.« – Das ist schon eher die »Formel«.

Johannes beendet sein Evangelium mit den Worten, Kapitel 21, Vers 24 und 25: »Dies ist der Jünger, der von diesen Dingen zeugt und dies geschrieben hat, und wir wissen, daß sein Zeugnis wahr ist. Es sind auch viele andere Dinge, die Jesus getan hat. Wenn sie aber sollten eins nach dem anderen aufgeschrieben werden, so achte ich, die Welt würde die Bücher nicht fassen, die da zu schreiben wären.«

Ist das Himmelfahrt: »die Bücher« – welche die Welt nicht fassen kann?

Gleich darauf folgt die *Apostelgeschichte* des Lukas, und in deren erstem Kapitel ist tatsächlich die Himmelfahrt beschrieben: »Als Er sie versammelt hatte, nachdem Er 40 Tage lang mit ihnen geredet hatte vom Reich der Himmel, befahl Er, daß sie *nicht von Jerusalem fortgingen.«* Dies scheint im Widerspruch zu Matthäus zu stehen, wo es heißt: »... sie gingen *nach Galiläa* auf einen Berg«. Sie sollten also Jerusalem nicht verlassen. Danach spricht Er einiges zu ihnen über ihre Zeugenschaft, und dann folgen die bedeutenden Worte: »Da Er solches gesagt hatte, ward Er aufgehoben zusehends, und *eine Wolke* nahm Ihn auf, so daß Er ihren Blicken entschwand.«

Wir müssen noch einmal nach dem »Berg« fragen, denn Lukas schreibt im Anschluß an dieses Emporgehobenwerden und die Erscheinung der beiden Männer: »Da wandten sie sich zurück nach Jerusalem von dem Berge, *der da heißt Ölberg,* welcher ist nahe bei Jerusalem und einen Sabbatweg weit.« Wir haben hier eine ganz exakte Ortsangabe, den Ölberg, und die christliche Tradition hat immer schon erlebt, daß der Ölberg der Ort ist, an dem die Himmelfahrt Christi stattgefunden hat. Doch steht dies scheinbar im Gegensatz zu der Angabe, die wir bei Matthäus finden.

Hinzu kommt dieses eigenartige Bild mit der Wolke. Lassen Sie uns einmal, nachdem wir gesehen haben, was die Evangelien sagen, die Gegenwart anschauen, die Menschenweihehandlung der Himmelfahrtszeit eines jeden Jahres. Dort finden wir für die zehn Tage der Himmelfahrtszeit, also vom Himmelfahrtstage an bis vor Pfingsten, eine Epistel, eine Art Sendschreiben, das vor der Weihehandlung gesprochen wird und in dem merkwürdige Formulierungen vorkommen. Da heißt es, daß die göttliche Vaterwelt Ihn heruntergesendet hat auf die Erde, daß Er hier seine Sendung bekräftigt hat. Dieser Text enthält Sätze, die hin- und herschwingen zwischen Himmel und Erde, zwischen Erde und Himmel, wobei das Erden*sein* und das Himmels*sein* angesprochen werden. Aber hier wird nicht mehr – wie im Evangelium – gesagt, daß eine Wolke erscheint, die den Auffahrenden aufnimmt, sondern es ist von Seinem *»Leben im Wolkensein«* die Rede, indem dieses Wolkensein wiederum in die Schwingung hereinkommt zwischen Himmelssein und Erdensein, Erdensein und Himmelssein. Wohin soll man *da* schauen?

Es entsteht also die Frage nach dem Begriff »nefele« (νεφέλη), im griechischen Neuen Testament *»die Wolke«* und hier im Kultus das *»Wolkensein«*. Nun, verehrte Anwesende: wer wüßte denn nicht, was eine Wolke ist? Aber

so einfach wird es dann doch wieder nicht, denn wenn zum Beispiel die Luft von ganz feinen, winzig kleinen schwebenden Wassertropfen durchsetzt ist, nennen wir diesen Zustand nicht »Wolke«, sondern wir sagen: Es ist diesig, es ist dunstig. Die Berge rücken in die Ferne, die Luft ist mehr oder weniger undurchsichtig, der Blick wird scheinbar aufgesogen von dem feinen Wasser, das in der Luft schwebt – aber eine eigene Form bildet sich dabei nicht aus. Wenn wir auf einen Berg hinaufgingen oder mit dem Flugzeug aufstiegen, würden wir feststellen können, daß diese *dunstige, diesige Schicht* eine ganz scharfe Grenze nach oben hat. Oberhalb breitet sich Klarheit aus; darunter ist es diesig. – Wir kennen aber auch eine andere Erscheinung, die häufig bei klarem Wetter am kühlen Morgen entsteht und die wir nicht als Dunst bezeichnen, sondern als *Nebel.* Auch der Nebel besitzt keine konturierte Gestalt, er weht dahin, einmal etwas feiner – ein Nebelstreif auf einer Herbstwiese –, ein andermal in sehr dichten Schichten, die mitunter bis zu Turmhöhe aufsteigen; doch auch hier sprechen wir nicht von Wolkenbildung.
Was zeichnet denn eine Wolke als solche aus? Das ist die Gestalt. *Wolken haben Gestalten.* Jahrtausendelang haben die Wolkenbilder auf die Menschenseelen allein durch gemüthafte Anschauung eingewirkt, und erst zur Zeit Goethes trat ein Mann auf, der diese Gestalten, diese Wolkentypen unterschied und benannte. Das war der britische Naturforscher Howard. Eine Wolke, die nur flach, weiträumig, tief liegt, bezeichnete er als einen *Stratus,* einen Streifen, eine Schicht. Wenn sich diese Schicht etwas höher bildet, wird sie zum *Altostratus* (zwischen 2500 und 6000 m). Oberhalb 6000 m finden wir dann die feinen, durchsichtigen Schleier, die *Cirren,* in der deutschen Sprache die *Federwolken.* Schließlich unterschied Howard noch eine vierte Art, nämlich all jene Wolken, die abge-

schlossene, haufen-, ballenförmige Gestalt haben, und nannte sie *Cumulus,* d. h. »Haufen, Häufchen«. Wenn zum Beispiel ein Altostratus nicht mehr gleichförmig, sondern aufgegliedert ist, dann heißt die Wolke *Altocumulus* oder *Cirrocumulus.* Vom deutschen Volksmund wird sie als *Schäfchen-* oder *Lämmerwolke* bezeichnet. – Es ist doch für das Bewußtsein eine wesentliche Entdeckung, daß Wolkenformen entstehen, die typologisch faßbar sind. Kein Geringerer als Goethe war glücklich, als er für seine meteorologischen Beobachtungen plötzlich diese Nomenklatur von Howard erfuhr; er war begeistert und tief dankbar »dem Manne, der Wolken unterschied«.
Auch noch ein Zweites ist wichtig, zu bemerken: der *Stoff,* aus dem die Wolke besteht. Nun werden Sie sagen: Das ist Wasser. Dies trifft jedoch nicht immer unmittelbar zu, denn nur bestimmte Wolken sind aus kleinsten Wassertropfen zusammengesetzt, wogegen sich in anderen der Aggregatzustand des Wassers in winzige Eiskristalle verwandelt hat. Die Meteorologen wissen durch exakte Messungen, wie klein ein Wassertropfen sein muß, damit er nicht herunterfällt, das heißt welchen Widerstand die dichte Luft haben muß, um gegen die Schwere dieses Tröpfchens durch Reibung anzukommen, so daß es in der Luft zu schweben vermag. Man wundert sich ja, daß nicht jede Wolke regnet, denn Wasser ist schwerer als Luft. Wolken, die feinste Eiskristallisation in sich tragen, regnen auch nicht. Wir unterscheiden hier zwei Arten von Kristallen: einmal feinste und sehr regelmäßige sechseckige Blättchen, die völlig durchsichtig sind und so leicht, daß sie schweben; zum anderen winzige längliche Säulenkristalle, die ebenfalls sechseckig ausgebildet sind und schweben.
Woran kann man eine Kristall-Wolke von einer Tröpfchen-Wolke unterscheiden? Während die Tröpfchen-Wolken, wenn sie vor die Sonne ziehen, diese verdecken und

selbst Schatten werfen, bleiben die Kristall-Wolken transparent, und die Sonne wirft durch sie unten Schatten. Mit dieser einfachen Beobachtung können wir eigentlich immer bestimmen, welche Wolkensorte wir gerade betrachten.

Sie sehen, wir haben es hier mit verschiedenen Aggregatzuständen zu tun, dem festen als Eis und dem flüssigen als Wasser. Wir kennen aber auch das Wasser in seiner gasförmigen Form, wenn es verdunstet, wenn es direkt in Luft übergeht und man es nicht mehr sieht. Dieser Vorgang läßt sich ähnlich vorstellen wie ein Stück Zucker, das in klarem Wasser aufgelöst wird und dann zwar nicht mehr sichtbar ist, jedoch noch geschmeckt werden kann. Allerdings hat das Wasser hier den Zucker in Flüssigkeit verwandelt, in eine Art Sirup. Etwas Ähnliches kann die Luft dem Wasser zufügen, indem sie die Flüssigkeit absorbiert und sie luftförmig, gasförmig werden läßt, so daß sie visuell nicht mehr wahrnehmbar ist. Dieses in der Luft völlig aufgelöste, gasförmige Wasser ist experimentell nachzuweisen, indem wir zum Beispiel ein blondes Frauenhaar aufspannen, das sehr empfindlich reagiert. Sobald es der Luftfeuchtigkeit ausgesetzt wird, dehnt es sich aus; verliert die Luft an Feuchtigkeit, dann zieht es sich wieder zusammen. Das Auge sieht diese Feuchtigkeit nicht. Das heißt also, das Wasser kann in der Luft völlig aufgelöst, gasförmig sein, so daß eine Art von »Lösung« entstanden ist; oder es kommt in Tröpfchen- oder Kristallform in der Luft als Dunst, als Wolke vor, was einer »Emulsion« gleicht. Wenn wir – als annäherndes Bild – im Wasser Öl emulsionieren, sehen wir, daß die Öltröpfchen in der übrigen Flüssigkeit schweben. So schweben in der Luft Wassertröpfchen – und das ist die Wolke, der Nebel, der Dunst.

Damit haben wir schon einiges Entscheidendes über die Wolkenbildung erfahren, daß nämlich das Element Wasser aus seinem flüssigen Zustand in einem Bach, einem Tümpel, einem See oder im Meer übergehen muß in feine, gasförmige Zustände innerhalb der Luft, um sich ihr in Form von Tröpfchen oder Kriställchen wieder zu entziehen. Das Wasser muß also aus dem flüssigen in den gasförmigen Zustand und aus dem gasförmigen in den Tröpfchenzustand gelangen oder in den großen Kaltluft-Höhen direkt aus dem Gas- in den Kristallzustand hinüberschnellen. Die Gesamtbewegung des Wassers von einem Aggregatzustand in den anderen kann nur mit Hilfe der Luft zustande kommen, die ihrer Natur nach auf der Erde und in deren Umkreis der herrschenden Temperaturverhältnisse wegen nicht flüssig wird. Man muß im Laboratorium schon sehr tiefe Minustemperaturen erzeugen, ungefähr – 147°, um das leichte Wesen Luft, das wir aus- und einatmen, zu verflüssigen. In der Natur bleibt die Luft wehender Wind und besitzt dabei eine dem Wasser abgehende Eigenschaft: Sie kann »atmen«. Die Luft ist das elastischste Wesen, das man sich denken kann, sie läßt sich in einem Gefäß unglaublich stark zusammendrücken, um sofort, nach Aufhebung des Drucks, auseinanderzuwehen. Wenn wir sprechen, entstehen in der Luft fortwährend Zusammenziehungen und Ausdehnungen, und eine Art Atem, den man als Schallwellen bezeichnet, läuft vom Mund zum Ohr. Selbst wenn wir die Luft einfach ausblasen und die Hand davor halten, werden wir schon bemerken, daß die Luft keinesfalls wie das Wasser gleichmäßig dahinströmt, vielmehr sich ausdehnt und sich zusammenzieht in eigentlich immer böiger Bewegung. Der leiseste Hauch, das wildeste Sturmböenwesen – immer ist die Luft elastisch, atmend. Das Wasser hingegen ist dazu nur fähig, wenn es selber luftförmig geworden ist; auch läßt es sich als Wasser kaum zusammenpressen, ist jedoch ganz leicht in Fluß zu bringen.

Die Luft verfügt, sobald sie unter einem bestimmten Druck steht, über die Eigenschaft, eine bestimmte Menge Wasser in sich hereinzuatmen. Sie vermag um so mehr gasförmiges Wasser einzuatmen, je stärker sie zusammengepreßt ist. Läßt der Druck nach, atmet sie das Wasser aus. Wir können das bei jeder Seltersflasche selbst experimentieren: Sobald wir sie öffnen, verringert sich der Druck im Innenraum, und wir sehen im Flaschenhals Nebel aufsteigen, d. h. die Luft über der Flüssigkeit hat das Wasser sofort abgegeben, weil sie sich ausgedehnt und gleichzeitig abgekühlt hat. Es »raucht« sogar aus dem Flaschenhals heraus. Das bedeutet: Je stärker die Luft zusammengedrängt wird, desto mehr gasförmiges Wasser atmet sie ein; je lokkerer sie wird, desto weniger gasförmiges Wasser kann sie in sich tragen. Dabei spielt die Wärme eine wichtige Rolle: Je wärmer die Luft ist, um so mehr Wasser kann sie aufnehmen; kühlt man sie jedoch ab, so muß sie bei bestimmten Temperatur- und Druckverhältnissen das Wasser wieder abgeben. Druck und Wärme machen also den Atmungsrhythmus der Luft für das Wasser beweglich. Steigt nun die Luft in größere Höhen auf, so verringert sich sowohl der Druck als auch die Temperatur, und das Wasser kondensiert. Dies ist aber nicht nur auf Ausdehnung und Abkühlung zurückzuführen. Kein einziges Wassertröpfchen würde sich allein deshalb bilden, kein einziges Wassertröpfchen würde aus der Luft herausfallen; sie würde übersättigt werden mit Wassergas, wenn nicht in der Lufthülle der Erde noch etwas anderes enthalten wäre. Stellen Sie sich vor, Sie lassen in einen durch dichte Vorhänge völlig abgedunkelten Raum einen Lichtstrahl einfallen, so daß das Sonnenlicht in einer Bahn durch das Zimmer flutet: Da sehen Sie plötzlich, wie in diesem Sonnenstrahl winzige Sterne aufleuchten. Man nennt das in der Physik das Tyndallphänomen.

Die Luft rings um die Erde ist erfüllt mit solchen kleinsten Erdstückchen, mit Staubteilchen, die für das menschliche Auge normalerweise nicht sichtbar sind. Die ganze Atmosphäre ist davon durchzogen. Diese Staubteilchen müssen vorhanden sein, damit das Wasser aus der Luft herausgeatmet und entweder als Tröpfchen oder in großen Höhen als Eiskriställchen eben an sie angesetzt werden kann.
Was haben wir also im ganzen vor uns als *Voraussetzung für die Wolkenbildung*? Sie braucht 1. das Wasserelement; das Wasserelement muß die Zustände »fest, flüssig, gasförmig« durchlaufen. Sie braucht 2. das Luftelement; das Luftelement muß ausatmen, einatmen, auch in sich selbst sich zusammenziehen, ausdehnen, erwärmen und abkühlen und über die Erde wehen. Sie braucht 3. die Erde, das Erdelement in Gestalt kleinster Staubteilchen. Und sie benötigt 4. das Feuerelement, die Wärme. Denn die Wärme bewirkt, daß Wasser aus dem flüssigen in den gasförmigen Zustand übergeht. Diese Wärme selbst muß abgeatmet, abgehaucht werden, damit das Wasser wieder aus dem gasförmigen in den flüssigen oder in den Kristallzustand zurückkehren kann. Außerdem verursacht sie, daß die Luft selbst sich bewegt und Wasser aus- und einatmet.
Die vier Elemente sind es, die bei der Wolkenbildung und Wolkenentbildung ineinanderspielen. Die Natur atmet durch die vier Elemente hinaus und herein, und wenn entsprechende Wechselbeziehungen zwischen Luftdruck, Temperatur und Feuchtigkeit herrschen, entsteht vor unseren Augen die Wolke, oder sie verschwindet wieder. Der kritische Zustand, an dem diese Wechselwirkung die Kondensation hervorruft oder auflöst, heißt »Taupunkt«. Man erkennt aber gleichzeitig, daß diese vier Elemente nicht nur miteinander, sondern ineinander weben müssen, damit die Wolke sich bildet oder auflöst. Es gehört zu den eindrucksvollsten Phänomenen, an einem klaren Frühlings-

morgen draußen zu sein und zuzuschauen, wie plötzlich in der klaren Luft, am blauen Himmel diese feinen, zarten Schleierbildungen zur Erscheinung kommen und sich allmählich verdichten. Schließlich entsteht eine kleine, runde, schneeweiße schwebende Wolkenballung: die kleine Cumuluswolke, die Schönwetterwolke; Cumulus humilis heißt sie bei den Meteorologen.

Wenn wir uns für Wolkenleben und Wolkenweben interessieren, meine sehr verehrten Anwesenden, dann bitte ich herzlich um etwas physikalisch-naturwissenschaftliche Geduld. Wir haben bis jetzt mehr das Spiel der Elemente beschrieben, die Übergänge des Elementarischen von einem zum anderen und das Zusammenspiel der Elemente; aber es entstehen ja dabei Figuren – ich meine nicht gleich das Kamel und den Elefanten, den man in einer Wolke sehen kann, sondern ich meine wirklich die *Typen.* Der eine Typus ist der des Cumulus oder der Haufenwolke. Wenn entsprechende Wärmeverhältnisse vorhanden sind, wenn die Sonne richtig warm auf die Erde herunterscheint und die Bodenluft erwärmt, steigen unsichtbare warme und feuchte Luftzellen auf; wenn sie so hoch kommen, daß Druck und Temperatur den Taupunkt unterschreiten, erscheint der Cumulus. Geht die Erwärmung weiter, dann bleibt es nicht nur bei dieser einen Cumuluswolke, sondern es bildet sich daneben eine zweite, dritte, vierte, die sich miteinander übereinander setzen und einen Blumenkohlkopf formen. Dieser wächst und wächst, bis er eine bestimmte Höhe erreicht hat; dann fließt er am unteren Rand auseinander, was sich wie Blätter ansieht. Bei genügender Wärme steigt plötzlich aus diesem auseinandergeflossenen Teil ein nächster Haufen, ein Ballen heraus, die anderen setzen sich daneben, und das Gebilde wird höher und höher. Jetzt sagt der Meteorologe dazu schon: Cumulus castellatus. Das Ganze sieht jetzt schon aus wie eine Nürnberger Burgzinne. Oft führt dieser Prozeß noch weiter, indem alles noch einmal auseinanderfließt, weil in dieser Höhe neue verschiedenartige Luftschichten durchstoßen werden, während von unten dauernd Nachschub zugeführt wird, da vom erwärmten Erdboden die Luftkugeln immerzu aufsteigen. Oben bilden sie Wolkenkugeln, und schließlich erreicht der Turm eine Höhe von 4000–7000 m. Wenn man den ganzen Vorgang in den Alpen beobachtet, läßt sich verfolgen, wie ein solcher Wolkenturm schließlich 4000–7000 m hoch ist, denn die Alpengipfel bleiben dann weit zurück. In den Tropen kann man sogar Wolkentürme sehen, die 16, 17 km hoch werden.

Schließlich ist die höchstmögliche Stufe erreicht, und die Wolkenballung weitet sich nach einer Seite, bildet eine Amboßform, aus der oben ein Schleier herausweht. Während nun der Turm aus lauter Tröpfchen besteht, die als Gesamterscheinung die »Kohlbildungen«, schließlich auch diese »Blätterbildungen« abgeben, pfeifen an der Spitze dieses riesigen Wolkengebildes plötzlich die kleinen Eiskristalle heraus: Die Cirruskappe des Cumulonimbus weht herauf und legt sich darüber. Nach Bildung der Cirruskappe dauert es etwa noch eine Viertelstunde, bis der erste Blitz herausschlägt. Dann aber kehrt sich die ganze Bewegung um: Was immer höher gestiegen ist bis zur Cirruskappenbildung, nimmt den Weg rückwärts; und indem es sich rückwärts wendet, entsteht im äußeren Rahmen dieses Gebildes eine wilde Bö, die Gewitterbö, welche die Wolkenfetzen herausjagt. Es fängt an zu regnen, zu schütten, zu hageln.

Was ist da eigentlich geschehen? Schauen wir noch einmal hin: Wolke auf Wolke türmt sich immer höher, ohne daß dabei ein Tropfen Regen fiele. Erst wenn oben die Eiskriställchen herausgefahren sind und der Blitz gezündet hat, fällt der »Niederschlag«. Die Kriställchen in höchster

Höhe haben sich direkt aus dem gasförmigen Wasser gebildet, und sobald ein solcher kleiner Kristall ein Tröpfchen berührt, schoßt dieses um den Kristall herum, wird weiß und bildet ein Graupelkorn. Denn diese Wolkentröpfchen sind zwar Wassertropfen, aber »unterkühlt«, sie haben in großen Höhen Temperaturen unter 0° C. Das Graupelkorn wiegt jetzt so viel wie Kriställchen und Tröpfchen zusammen und fällt. Das nächste Tröpfchen wird berührt und gefriert an, das Korn wächst. Immer neue Schichten von unterkühlten kleinen Tropfen legen sich um das Graupelkorn herum. Schließlich bildet sich das Hagelkorn, das im Aufbau der Schalenanordnung der Samenkörner zu vergleichen ist, indem das erste Eiskriställchen in die kleinen Tropfen eingedrungen ist und diese es umschlossen haben. Durch die dabei entstandene Gewichtszunahme fällt das Korn schneller und vergrößert sich immer mehr, so daß die neu hinzukommenden Schalen durch das langsame Anfrieren letztlich durchsichtig werden. Schließlich sausen die Körner durch den ganzen Turm hindurch und kommen unten als Hagelschüttung zum Vorschein. Wenn es jedoch vom Erdboden her sehr warm ist, schmelzen sie und fallen als dicke Regentropfen, die dann in ungeheuren Mengen bei der Gewitterbildung ausgeschüttet werden.

Hier haben wir die Erklärung dafür, warum nicht jede Wolke regnet: Eine Niederschlagsbildung kommt nur unter der Bedingung zustande, daß sich Kristalle geformt haben, sich dann mit unterkühlten Tröpfchen berühren, daß diese Tröpfchen sich um die Kristalle herumlegen, Graupeln wachsen, die Graupeln zu Hagel werden und der Hagel entweder als solcher herunterkommt oder unterwegs auftaut und zu Regen wird. Es fällt auf diese Erde kein Regentropfen, der nicht vorher ein Eiskristall gewesen wäre. In dem Kern eines jeden Regentropfens sitzt ein winziges Staubkörnchen, um dieses herum das aufgetaute Eiskriställchen, das ebenso umgeben ist von aufgetauten Wassertröpfchen mit ihren kleinsten Staubkörnern. Darum ist Regenwasser nie ganz klar. – Schauen wir uns den Vorgang noch einmal an: Wenn man nicht nur den physikalisch-elementarischen Prozeß betrachtet, den die Meteorologen und Physiker als Mechanismus ganz genau kennen, sondern darüber hinaus *das Bild, die Gestalt, die Erscheinung als Totalität*, dann erinnert sie an eine Pflanze. Das Wurzelwerk dieser Pflanze ist unsichtbar, ist warm. Es steigen Luftballen auf, und in dem Moment, in dem sie als Cumuluswolken sichtbar werden, haben wir darin schon die Pflanzengestalt – entweder die Blumenkohlgestalt oder die Blätter. Wir finden sogar in Etagen die Blätterbildung, die Stammbildung, und ganz oben entdecken wir bei der Cirruskappenbildung denselben Vorgang, dem wir bei der Blüte begegnen, bei der Pflanze, wenn der Blütenstaub aus der Pflanze hervorgeht. Selbst im Blitz läßt sich derselbe Vorgang wie bei der Pflanze wahrnehmen, deren Blüte farbig wird, wenn sie einen Lichtprozeß, einen Wärmeprozeß entwickelt. Denn der Blitz besteht eben nicht nur, wie die meisten Menschen denken, aus einem elektrischen Prozeß, sondern es handelt sich um gewaltige Wärmespannungen, die von Elektrizität umgeben sind.

Wir haben einen Vorgang, den man mechanisch verstehen und begreifen kann, *biologisch interpretiert.** Wir sehen

---

* An dieser Stelle sei bemerkt, daß die moderne Meteorologie eine ausgebreitete Tatsachenfülle über die physikalischen Prozesse bei Wolken- und Wetterbildung erforscht hat. Sie versucht bis heute, das gesamte Wettergeschehen rein physikalisch in Formeln und Statistiken zu erfassen und angesichts der ungeheuren Summe der Einzeldaten die Prozeßberechnungen mit Hilfe von Computern zu Ergebnissen zu gestalten. Dieses Verfahren ist innerhalb des Energiebereichs bestimmt richtig und

nämlich nicht nur den Mechanismus vor uns, sondern vor allem die lebendige Gestalt, die Eigenform der Wolkenbildung als Ganzheit: die aufsteigenden Wolken, den Cumulustypus; wir haben die Wolke, die eine Art Pflanzenprozeß offenbart.

Nun gibt es aber noch eine ganz andere Art von Wolken, die nicht wie Pflanzengebilde aufwachsenden *Wolkenfelder*. Erinnern wir uns an einen schönen Tag im Sommer, an dem wir nicht den Aufstieg wie bei der Gewitterbildung oder bei der Schauerbildung erleben, sondern etwas ganz anderes. Plötzlich verschleiert sich ganz oben der Himmel, die Sonne ist zwar noch zu sehen, sie leuchtet durch den Cirrusschleier hindurch, es haben sich Eiskristalle gebildet. Wir beobachten weiter, daß dieser Cirrusschleier dort oben immer weitläufiger wird. Dann kann es sein, daß die Sonne darin einen Umkreis, einen farbigen Kranz bildet, vielleicht sogar mit zwei Nebensonnen, eine Erscheinung, die in Europa meist von West nach Ost über uns hinwegzieht. Sie heißt Sonnen-Halo. Nach einigen Stunden erscheinen unter den Cirren Schäfchenwolken; mitunter ist der Cirrus sogar schon fast verschwunden, wenn unter ihm die Schäfchenwolkenbildung einsetzt, also wiederum ein Wolkenfeld, das eben eine ganz eigenartige Gestalt hat. Diese besteht darin – das kann man mit bloßem Auge sehen –, daß eine Luftschicht über eine andere

---

gilt ebenso für alle physikalisch-chemisch-mechanischen Vorgänge innerhalb der Lebewesen. Es ist aber auf diesem Wege niemals möglich, zu einer wesenhaften Erfassung dessen zu kommen, was innerhalb des Lebendigen die Erscheinung und das Verschwinden von Gestalten, von Typen bedeutet. Auf diesen Wegen hat sich Goethe versucht und ist zu ebenso exakten Resultaten gekommen wie die Meteorologen in ihrem Bereich. – Deshalb ist in diesen Vorträgen auf die physikalische Seite nur insofern Rücksicht genommen, als sie zur Verdeutlichung der goetheanistischen Phänomenologie dient. Die physikalische Meteorologie ist dem Redner voll bekannt.

darüberweht, ähnlich wie über ein Gewässer wehende Luft, durch welche die Wasseroberfläche eine Wellenbewegung erhält und bald kleine Schaumkronen trägt. Wenn in der Atmosphäre eine Luftschicht über eine andere zieht, bilden sich an der Grenze ebenfalls Wellen, und in ihren Wellenbergen trägt sie kleine Schäfchenwolken. Darüber ist wiederum eine Luftschicht über eine andere gezogen, aber dort sind entsprechend den veränderten Luftverhältnissen andere Felder, diese merkwürdigen Cirrusbäume, Hakencirren usw. entstanden. Schließlich zieht auch die Schäfchenwolkenzone über uns hinweg von West nach Ost, und es lagert sich unter den Lämmerwolken noch tiefer eine dritte Schicht von Wolken: dunkle Streifen, immer schwerer und undurchsichtiger. Nach einiger Zeit fällt aus dieser unteren Wolkenschicht ein ruhiger, warmer, gleichmäßiger »Feld-, Wald-, Wiesen-, Landregen«. Wie kommt er zustande? Aus dem Cirrus sind Kriställchen heruntergesunken in den Altocumulus, haben dort Graupelkörner gebildet, die in den Stratus abfielen, um dort zu Hagelkörnern zu werden. Da die Luft ruhig und warm ist, sind sie aufgetaut und fallen als warmer Regen zur Erde. Der Regenbildungsprozeß ist also der gleiche wie in der Gewitterwolke, nur der Wolkenbildungsprozeß ist ein anderer, nämlich der eines »Tiefs«, einer Zyklone, einer »Front«, die im Zentrum tiefen, d. h. geringeren Luftdruck besitzt. Das ist die meteorologische Bezeichnung; der Bauer sagt: Landregen. Man sieht als Mensch auf der Erde dieses Tief von unten, es zieht mit dem ersten Flügel seiner Front über einen weg. Das sind die Cirrus-Schichten. Dann kommt der nächste Flügel, der Altocumulus, ihm folgt der dritte Flügel, der Stratus. Steigt man ins Flugzeug oder sogar in ein Weltraum-Fahrzeug und sieht die Sache von oben an, so ergibt sich ein großartiges Gesamtbild. Die Zyklonen haben nämlich alle einen schneckenartigen, spiraligen Aufbau. Die aufziehende Front, die wir vorhin angeschaut haben, ist die sogenannte Warmfront oder der Tiefausläufer, der sich sehr weit ausbreitet und dem Zentrum mit seiner spiraligen Bildung voranzieht. Ihm folgt ein ruhiger Zwischenraum und diesem die Kaltfront. Beide Fronten drehen sich auf der Nordhalbkugel entgegen dem Uhrzeigersinn umeinander. Sie entstehen dadurch, daß kalte Luft von Norden und warme Luft von Süden am Atlantischen Ozean aufeinandergestoßen sind und sich miteinander verwirbelt haben. Solche Wirbel sind nicht sehr hoch, ungefähr 9000–10 000 m, aber statt dessen breit: Zum Beispiel von Island bis herunter ins Mittelmeer, d. h. also 3000–4000 km erstreckt sich solch ein Schleier, ein Ausläufer von einem Tief, von einer Zyklone.

Vor einigen Jahren hat ein namhafter Hamburger Meteorologe in einer naturwissenschaftlichen Zeitschrift geschrieben, eine Zyklone habe einen *Stoffwechsel.* Es werden nämlich immer neue Luftmassen in einen Aufstieg im Zentrum des geringsten Druckes einbezogen, wobei die *Gestalt aufrechterhalten bleibt.* Diese Gestalt wandert regelmäßig wie die Zugvögel auf bestimmten Zugstraßen entlang. – Wir haben, wenn wir diese Gebilde als Ganzes, als Wesenhaftes interpretieren, nicht mehr eine pflanzliche, sondern eine tierische Gestalt vor uns. Wie eine große, schneckenartige »Auster« bewegt sie sich, nimmt neue Luft in sich hinein, verarbeitet diese, läßt sie in der Mitte hochwirbeln und gibt das Wasser nach unten ab.

Die Zyklonen, die mit den entsprechenden Hochdruckgebieten zusammenwirken, in welche die Luft aus den Tiefdruckgebieten in großen Höhen übergeht, um in den Hochdruckgebieten wiederum mit mächtigen »Flügelschlägen« zur Erde herunterzuströmen, machen auch in ihren »Stimmungen« und »Gestaltungen« den Eindruck halbtierischen Wesens. Wie ein Tier auf der Weide etwas in sich aufnimmt, verdaut, verwandelt und das Verdaute abgibt nach unten, ausatmet nach oben, eben einen Stoffwechsel hat, so sehen wir auch hier eine ähnliche tierische Gestaltung. Wir haben einerseits im Wechselspiel von Wasserelement, Luftelement, Wärmeelement, Erde-Staub-Element, ineinander verwoben, die elementarischen Triebkräfte des Mechanismus der Wolkenbildung, des *Wolkenwebens.* Aber dieses elementarische Wolkenweben geht fortwährend über in *Wolkenleben:* aufsteigende, pflanzenartige Cumulus-Wolkenbildung und die über die Erde hinziehenden, weit ausgebreiteten zyklonalen Bildungen, die von den Antizyklonen begleitet werden. Eine »pflanzliche« und eine »tierische« Gestaltung liegen dem Ganzen zugrunde, in welche die physikalisch-chemischen Prozesse und Mechanismen einbezogen und wieder abgegeben werden. Das Wolkenweben geht über in Wolkenleben.

Diese zarten, luftigen Gebilde, die aus dem Zusammenspiel der Elemente entstehenden Grundformen, die »pflanzlichen«, ja sogar »tierischen« Gestalten – wohin gehören sie? – Ein *Zwischenreich* erscheint innerhalb der Naturreiche. Denn wir kennen ja bei den Naturreichen einmal das *mineralische Reich:* die Steine, das mineralische Wasser, die mineralische Luft und in gewissem Sinne auch die mineralische Wärme. Dem übergeordnet ist das *Reich der Pflanzen* – niedere und höhere Pflanzen, Krautpflanzen, Gräser, Bäume usw. – ein eindeutiges Reich. Aber zwischen Mineral und Pflanze webt die Wolke als ein *Zwischen-Naturreich.* So kann man in lebendiger Anschauung das Wolkenweben und Wolkenleben einordnen.

Gibt es noch etwas Ähnliches in der Natur? Vielleicht können wir von einer anderen Seite her uns dieser Frage des *Zwischen* nähern. Sehen wir uns einmal die Pflanze an, die ihre Wurzeln ausbildet, ihren Stengel, ihre Blätter, die wächst, assimiliert und grünt und Pflanzensubstanz herstellt. Ihr Wesen ist Wachstum. Dieser Prozeß könnte ja immer weitergehen: Blatt – Stengel – Knoten – – Blatt – Stengel – Knoten usw. Aber es verändert sich dieser Vorgang, ein Gebilde ganz anderer Art entsteht, wird farbig, beginnt zu duften, erzeugt Blütenstaub und wartet auf das Insekt, das durch und durch ein Tier ist, ein »wildes, brennendes Tier« (Novalis). Indem das Tier an die Pflanze herangelockt wird, begegnet es einem *Zwischenreich* von Pflanze und Tier – der *Blüte.* Zwischen dem eigentlichen Vegetativ-Pflanzlichen und dem eigentlich Animalisch-Tierischen breitet sich das Reich der Blüten aus, die hervorblühen aus der Wechselwirkung von grüner, vegetativer Pflanze auf der einen und bestäubendem Schmetterling, bestäubender Biene auf der anderen Seite. Denn die Blüte als »Pflanze« ist ganz auf das Tier ausgerichtet.

Aus der Wechselwirkung zwischen den *physischen Mechanismen* und dem *Weben der Elemente* im Übergang des Stofflichen aus einem Bereich in den anderen (Wasser – Luft – Wärme – Staub) einerseits und den gestaltordnenden *Lebenskräften,* die in der durchsonnten Luft wirken, andererseits entsteht wie in einem *Zwischenreich von Mineral und Pflanze die Wolke.* Aus der Wechselwirkung zwischen der vegetativen Lebenswelt der grünen Pflanze einerseits und dem durchseelten Tier andererseits entsteht wie in einem *Zwischenreich von Pflanze und Tier die Blüte.* Darum auch ist die Blüte tierbezogen, oft tiergestaltig.

Bei dieser Art der Betrachtung werden wir nun aufmerksam für etwas Grundlegendes. Wir entdecken zwischen den deutlich voneinander verschiedenen Bereichen, dem Toten, dem Belebten und dem Beseelten, das, was »zwischen den Zeilen« erscheint, und eine eigene, wenn auch »zurückhaltende«, aber doch in ihrer Eigenart sich ankündigende *Welt des Dazwischen* wird bemerklich.

Ob sich wohl solches auch in anderen Weltgebieten finden

läßt? Blicken wir auf die Elemente: Denken Sie sich einen spiegelglatten, stillen Waldsee. Er spiegelt die Bäume. Dann streicht ein Lufthauch über ihn, und die zarte Oberfläche des spiegelglatten Waldsees geht langsam zitternd aus dem ruhigen Zustand in eine Bewegung über. Der Lufthauch entnimmt dem Wasser einen Teil, atmet ihn in sich ein. Ein Teil des Wassers ist in diesen Lufthauch übergegangen, ein Teil der Bewegung dieses Lufthauches und sogar ein Teil der Luft selbst sind in das Wasser übergegangen – hin- und hergewoben zwischen den beiden Elementen. – Was geht da vor?
Für den gewöhnlichen Menschenverstand ist eben die Luft etwas und das Wasser etwas. Was ja auch stimmt. Ist aber das, was zwischen den beiden geschieht, nichts? Für das gewöhnliche Bewußtsein ist das Mineral etwas und die Pflanze etwas. Ist das, was zwischen den beiden geschieht, nichts? Für das gewöhnliche Bewußtsein ist die Pflanze etwas und das Tier etwas. Ist das, was zwischen diesen Wesen geschieht, nichts?

Mit dieser Fragestellung kann man aber auch noch ein anderes Gebiet betreten. Wir Menschen haben eine Sprache. Diese Sprache besteht aus Lauten. Ich sage zum Beispiel: »Leiste deine Arbeit gleich« – ei, ei, ei, ei. Man versuche einmal zu hören, ob bei dem »ei« in dem Wort »leiste« nun dasselbe »ei« ist wie in dem Wort »Arbeit«. »Leiste Arbeit.« – Oder: »Liebe das Licht« – ist das ganz genau dasselbe »i«, bei dem voran ein »l« und nachher ein »b« kommt oder bei dem vorher ein »l« und nachher ein »ch« kommt? Sind nur die Laute da: »ü« und »ei« und »o«? Oder übernimmt das »l« aus dem »a« etwas, wenn ich »la« sage und wenn ich »al« sage? Die alten Götternamen: Al – Allah, El – Elohim, I – Illuliuma, Ol – El Olam, Ul – Ullr – jedesmal bekommt das »l« einen anderen Inhalt, je nachdem, welcher Vokal vorangeht. Etwas von dem

»u«, »o«, dem »a« geht in das »l« mit ein – und das erlebe ich als Silbe. Denn die Silbe ist nicht nur Laut + Laut, sondern auch das, was zwischen den Lauten von einem in den anderen übergeht – »unhörbar – hörbar« – nicht direkt »ausgesprochen« und doch wahrnehmbar, und zwar »wie von innen«. Dasselbe wiederholt sich, wenn ich eine Silbe gebildet habe und bilde die nächste Silbe, setze Silbe an Silbe und bilde das Wort: gebären, Gebaren, geboren, Geburt. Silbe beeinflußt Silbe. Denn wenn ich »Geburt« sage, ist in dem »Ge« davor etwas von dem »u« darin. Es ist ein anderes »Ge« als bei »Gebaren«.

Man muß nur aufmerksam werden auf diesen tief-seltsamen Tatbestand, auf den das unerweckte Bewußtsein zunächst nicht achtet, den es aber sehr wohl vernimmt und benützt, weil wir nämlich eigentlich Silben hören, weil wir mit Hilfe von Silben Wörter hören und mit Hilfe von Wörtern einen Satz begreifen können. Die Silbe ist das, was *zwischen* den Lauten geschieht; das Wort ist das, was *zwischen* den Silben geschieht, und der Satz ist das, was *zwischen* den Wörtern geschieht. Ich greife ja doch gerade im Deutschen, schon wenn ich den Satz anfange, nach dem Verbum, das erst am Ende kommt. Das Verbum, das am Ende folgt, mein Satz-Prädikat, ist in meinem Satz-Subjekt schon darin. So spreche ich. Wenn ich eine vernünftige Rede halte, dann ist eigentlich in dem ersten Satz dieser vernünftigen Rede schon der letzte darin. Sonst würde mich kein Mensch verstehen.

So werden wir durch das Wolkenwesen aufmerksam gemacht auf die *Zwischenbereiche der Welt:* zwischen Mineral und Pflanze die Wolke, zwischen Pflanze und Tier die Blüte, zwischen Laut und Laut die Silbe, zwischen Silbe und Silbe das Wort. Indem wir diesen Weg gehen, kommen wir von außen immer mehr an das Innere dieser Zwischenbereiche heran. Ganz deutlich wird es dann beim

Menschen selbst: »ein Händedruck, ein Blick, ein Kuß«; Mensch und Mensch, Hand und Hand, Auge und Auge, Mund und Mund – und dazwischen, ist da nichts? Oder ist gerade dort das Eigentliche? Wenn ein Blick in den anderen taucht, wenn eine Hand die andere ergreift, wenn ein Arm das andere Wesen umarmt, wenn ein Mund einen Mund küßt, wenn ein Wort ein Ohr erreicht, wenn eine Geste wahrgenommen wird, wenn ein Brief gelesen wird und ich kann zwischen den Zeilen lesen – dann erst habe ich gelesen. Habe ich aber nicht zwischen den Zeilen gelesen und antworte, dann heißt es: Du hast meinen Brief nicht verstanden. Ja, nicht nur meinen Brief hast du nicht verstanden, du hast nicht gelesen, was ich eigentlich *gemeint* habe – das steht aber *zwischen* den Zeilen, weil es *in* die Zeilen gar nicht ganz eingeht. – Was ist das Geheimnisvolle, was nicht in die Zeilen eingeht? Was ist das Geheimnisvolle, was nicht in das Auge eingeht, sondern in dem Blick, in dem Auge-in-Auge-Tauchen erscheint?

Wir sind von etwas ganz Einfachem ausgegangen und haben uns nach dem Wolkensein, dem Wolkenwesen gefragt. Wir haben entdeckt, das Wolkenwesen fordert uns geradezu heraus, auf ein Weltgebiet aufmerksam zu werden, das wir normalerweise fortwährend erleben und handhaben – von dem wir aber kein Bewußtsein besitzen, obwohl es das Eigentliche ist.

»Zwischen den Zeilen«. Die Zeilen der Welt sind geschrieben. Die Mineralien sind die Mineralien, die Pflanzen sind die Pflanzen – aber was dazwischen geschieht, ist doch das eigentliche Geschehen. Die Pflanze würde niemals Pflanze werden können, wenn nicht zwischen ihr und dem Mineral, zwischen ihr und der Luft, zwischen ihr und der Sonne etwas geschähe. Der Mensch würde nicht Mensch, wenn nicht zwischen Mensch und Mensch etwas geschähe. Wir werden aufmerksam auf die Zwischenreiche der Welt, werden hingewiesen auf einen geheimnisvollen Bereich, demgegenüber man den Eindruck hat: ja, da hinein und da heraus bewegt sich alles.

Nun, vielleicht darf man an dieser Stelle wirklich den Namen suchen für diesen Bereich. Sehen Sie, derselbe Goethe, der so glücklich war, als Howard ihm die Namen der Wolken mitgeteilt hatte und er nun die Wolken *unterscheiden* konnte: Stratus, Altostratus, Cirrus, Cumulus, Cumulonimbus –, derselbe Goethe sagte sich: Jetzt sind die Erscheinungsformen auseinanderdividiert, unterschieden; können wir sie auch wieder miteinander *verbinden*? – Vor seine Wolkengedichte setzte er folgende Worte:

Atmosphäre

Die Welt, sie ist so groß und breit,
Der Himmel auch sehr hehr und weit,
Ich muß das alles mit Augen fassen,
Will sich aber nicht recht denken lassen.

Dich im Unendlichen zu finden,
Muß unterscheiden und dann verbinden;
Drum danket mein beflügelt Lied
Dem Manne, der Wolken unterschied.

Dann heißt es in den Wolkengedichten:

Stratus

Wenn von dem stillen Wasserspiegel-Plan
Ein Nebel hebt den flachen Teppich an,
Der Mond, dem Wallen des Erscheins vereint,
Als ein Gespenst Gespenster bildend scheint,
Dann sind wir alle, das gestehn wir nur,
Erquickt', erfreute Kinder, o Natur!

Dann hebt sich's wohl am Berge, sammelnd breit
An Streife Streifen, so umdüstert's weit
Die Mittelhöhe, beidem gleich geneigt,
Ob's fallend wässert oder luftig steigt.

Cumulus

Und wenn darauf zu höhrer Atmosphäre
Der tüchtige Gehalt berufen wäre,
Steht Wolke hoch, zum Herrlichsten geballt,
Verkündet, festgebildet, Machtgewalt,
Und, was ihr fürchtet und auch wohl erlebt,
Wie's oben drohet, so es unten bebt.

Cirrus

Doch immer höher steigt der edle Drang!
Erlösung ist ein himmlisch leichter Zwang.
Ein Aufgehäuftes, flockig löst sich's auf,
Wie Schäflein trippelnd, leicht gekämmt zuhauf.
So fließt zuletzt, was unten leicht entstand,
Dem *Vater* oben still in Schoß und Hand.

Nimbus

Nun laßt auch niederwärts, durch Erdgewalt
Herabgezogen, was sich hoch geballt,
In Donnerwettern wütend sich ergehn,
Heerscharen gleich entrollen und verwehn! –
Der Erde tätig-leidendes Geschick!
Doch mit dem Bilde hebet euren Blick:
Die Rede geht herab, denn sie beschreibt;
Der Geist will aufwärts, wo er ewig bleibt.

So beschreibt er, wie sich das Unterschiedene wandelt. Dann aber setzt er ein zusammenfassendes Gedicht hinter diese Wolkengedichte, mit der Überschrift »Wohl zu merken«:

Und wenn wir unterschieden haben,
Dann müssen wir lebendige Gaben
Dem Abgesonderten wieder verleihn
Und uns eines Folge-Lebens erfreun.

So wenn der Maler, der Poet,
Mit Howards Sondrung wohl vertraut
Des Morgens früh, am Abend spät,
Die Atmosphäre prüfend schaut.

Da läßt er den Charakter gelten;
Doch ihm erteilen luftige Welten
Das Übergängliche, das Milde
Daß er es fasse, fühle, bilde.

»Das Übergängliche, das Milde« – er hat es bemerkt. Er hat erkannt, daß in dem ganzen wunderbaren Wolkenprozeß, den Howard zunächst auseinandergelegt hat in einzelne Stufen und Typen, Charakteristika auftreten. Aber Goethe muß diesen Charakteristika das »Folge-Leben« wieder zurückgeben, wenn er es ihnen vorher wegnimmt, denn in diesem wirkt ja gerade das Geheimnis. Er findet den Namen »das Übergängliche, das Milde« – das, was hin- und hergehen kann, was zwischen den Zeilen steht, zwischen den Menschen geschieht, und damit blicken wir auf einen weiteren Bereich: was auch innerhalb des Menschen geschieht. Wir können sagen: Meine Gedanken sind eine charakteristische Wesensart. Meine Leidenschaften und mein Wille stellen deutlich andersartig einen Bereich für sich dar. Was entsteht nun, wenn ich in meinem Menschenwesen Gedanken und Willen trenne, den reinen Gedanken bilde, den Willen rein und selbstlos mache und dann den reinen Willen und den reinen Gedanken miteinander in Wechselwirkung treten lasse? Was lebt da in mir? – »Das Übergängliche, das Milde« bewirkt eine *freie* Wechselbeziehung zwischen Denken und Wollen und erweckt ein völlig anderes Empfinden, ein reines Gefühl, das sich frei an die Wechselwirkung von Denken und Wollen anschließen kann. In mir selbst erscheint »das Übergängliche, das Milde«. So kann ich dem anderen Menschen gegenübertreten. Es erscheint der Mittler selber wesenhaft. – Indem ich so dem Mitmenschen gegenübertrete, daß zwischen ihm und mir – denn er ist etwas und ich bin etwas – ein »Mildes« im »wie« der Begegnung waltet, kann sich etwas in die Beziehung verweben, das beiden eignet und doch ein höheres Drittes wird.

Wir schauen in ein Weltgebiet, das in voller Selbstlosigkeit zwischen allen Wesen waltet, und wir werden zu der Frage geführt, wo überhaupt in der Welt der Raum ist, den das Christus-Wesen bewohnt. Denn die Reiche der Welt und ihre Herrlichkeit waren besetzt, als Er zur Erde kam. Der sie verwaltete, wollte sie Ihm zur Verfügung stellen, wenn Er ihn nur anerkannte. Aber schon bei seinem Erdenabstieg hatte Er diese Reiche gar nicht gesucht. Es »gab keinen Raum in der Herberge«, nicht direkt bei den Menschen. *Zwischen* den Menschen und den Tieren war Raum – in dem Stall. Und später, als Er den Versucher abgewiesen hatte, heißt es im Evangelium: »Und Er war bei den Tieren, und die Engel dienten Ihm.« *Zwischen* Engeln und Tieren war Er. Dort hat Er das Mysterium von Golgatha vollzogen und ist eingezogen in die Erde. *In das Wolkensein der Erde ist Er eingezogen nach seiner Auferstehung.*

Irgendwie dürfen wir fragend sagen: Zwischen Stein und Pflanze, wo die Wurzeln des Waldes leben und weben, lebt der Christus; zwischen Stein und Pflanze, wo die Wolken sich bilden, weben, leben und vergehen, lebt die Christus-Wesenheit. Zwischen Pflanze und Tier, in der Welt der vergehenden und verwebenden Blüten, webt die Christus-Wesenheit. Zwischen Erde und Mensch, wo das Menschenwesen an der Erde arbeitet und die Erde antwortet auf das Tun des Menschen, in der Wechselwirkung von Erdenschicksal und Menschenwesenheit lebt der Christus.

Im menschlichen Innern – »Christus in uns« –, wo wohnt Er da? In meinem Denken bin ich selber, in meinen Leidenschaften bin ich selbst – wo soll der Christus Platz haben? Zwischen diesen, wo ich frei mein Denken, Fühlen und Wollen miteinander in ein selbstloses, durchchristetes Wechselspiel bringe, kann Er mit mir sein; wenn unser Geistig-Seelisches und unser Leiblich-Körperliches miteinander wechselwirken, lebt Er auch in uns. – Wir würden ja keine innere Freiheit haben gegenüber der Einwohnung Christi in uns Menschen, wenn das nicht so wäre.

Sehen Sie, verehrte Anwesende, das ist das *Reich der Himmel.* Denn nicht nur auf der Erde zwischen Mensch und Mensch, zwischen Element und Element, zwischen Naturreich und Naturreich ist »das Übergängliche« möglich, sondern auch in den himmlischen Welten. Zum Beispiel wirkt ein Engel in Beziehung mit einem Erzengel, und in dem, was zwischen den beiden geschieht, lebt das Göttliche. – Der Vatergott ist das Sein des geistig-physischen Daseins. Das Geistgottwesen ist das reine Weltbewußtsein. Zwischen beiden aber, zwischen dem Vatergott und dem Geistgott, lebt der Sohn. Das Reich der Himmel, das als Euangelion zwischen den Hierarchien hin- und herwebt, durch das die Christus-Wesenheit Stufe um Stufe hindurchgegangen ist, bis Er schließlich auf der Erde angekommen ist und in der Erde das Vorbereitete gefunden hat – das war sein Eigentum, in das Er eingezogen ist.

Man kann den Begriff »Wolkensein« erweitern, indem man nicht nur an jenes Zwischenreich denkt, in dem die Wolken leben. Das wollen wir dann morgen abend als Fortsetzung von heute versuchen. Es kam mir heute darauf an, einmal in voller Deutlichkeit auf dieses Reich der Zwischenräume aufmerksam zu machen; auf dieses Reich der Wechselbeziehungen, der Wechselwirkungen, in dem allein ein Gotteswesen weben, walten und wirken kann, das auf die Wesen Rücksicht nimmt und dennoch sich mit ihnen durch und durch verbindet. Das Übergängliche, das Milde – »das Wolkensein«, das wahre »Reich der Mitte«.

II.

Christus-Wirken auf Erden. Verklärung, Himmelfahrt, Wiederkunft

Liebe Anwesende!

Darf ich Ihr Einverständnis voraussetzen, wenn ich zunächst ganz kurz den Weg, den wir gestern abend hier zu finden versucht haben, mit Ihnen noch einmal anschaue: Wir waren ausgegangen von den doch mannigfaltigen und verwirrenden Bildern, die in den Evangelien immer am Ende – sowohl bei Matthäus als auch bei Markus, Lukas und Johannes – das Himmelfahrtsmotiv umweben. Bei Matthäus ist die Rede von einem Berg in Galiläa, auf welchem Christus ausspricht, daß auf Ihn alle Gewalt im Himmel und auf der Erde übergegangen ist. Er fordert die Jünger auf, die Völker zu taufen, und spricht dann das Wort von der Allgegenwart: »Ich bin bei euch bis an das Ende der Erde.« – Bei Markus findet sich neben dem Motiv von der Erhebung in die himmlische Welt und jenem anderen, das in die alte Konfession der Christenheit übergegangen ist – »zur Rechten des Vaters« –, das der Mitfolge des Christus, der gen Himmel gefahren ist, mit den Menschen auf der Erde, mit den Jüngern. – Bei Lukas steht eine Ortsangabe, die sich direkt auf die Gegend von Jerusalem bezieht. In den verschiedenen Fassungen des Lukas-Evangeliums ist in der einen Quelle dargestellt, wie Christus sich von den Jüngern abtrennt, weggeht; die andere schildert die Erhebung in den Himmel, das Auffahren in den Himmel und das Segnen. – Im Johannes-Evangelium erscheint das Geschehen noch rätselhafter, weil hier im Anschluß an die Darstellung der Auferstehung gesagt wird, der Christus habe so unendlich viele Taten getan, daß, wenn man sie berichten wollte, sie für die Welt nicht zu fassen seien. – Die eigentliche Beschreibung der Himmelfahrt finden wir in der Apostelgeschichte des Lukas, im 1. Kapitel, demzufolge Christus die Jünger auf einen Berg hinausführte, zu ihnen sprach und danach hinaufgehoben wurde, hineinverschwand in die Wolke. Es erschienen die beiden leuchtenden Engelgestalten, die »Männer« heißen, und es folgt die genaue Ortsangabe des Ölbergs, einen Sabbatweg weit von Jerusalem. – Wenn wir Anfang und Ende dieser Motive betrachten, ergeben sich zunächst Widersprüche: bei Matthäus ein hoher Berg in Galiläa, bei Lukas in der Apostelgeschichte der Ölberg, einen Sabbatweg weit von Jerusalem.

Wir haben dann auf die Epistel der Menschenweihehandlung hingeschaut und dort eigenartig schwingende Worte gefunden: Himmelssein – Erdensein – Wolkensein. Diese Worte steigen auf und ab, sie bleiben nicht beim Erdensein stehen, nicht beim Himmelssein, aber sie bleiben auch nicht beim Wolkensein stehen – sie schwingen auf und ab. Ihnen folgen dann Worte von Leben und Verklärung, von Erhöhung und »Einverleibung des Erdenseins in das Himmelssein«, von Segnung. Wir geraten in eine bewegte Verfassung, wenn wir versuchen, die angesprochenen großen Dimensionen geistig zu ergreifen. Man nehme doch einmal ein solches Wort wie »Erdensein«. Was heißt das alles? Oder: Himmelssein. Das läßt sich nicht abstrakt erleben, wir fühlen die Fülle und Überfülle, die mit einem solchen Begriff berührt wird.

Nachdem wir zunächst einmal diese Betrachtungen haben offenstehen lassen, fragten wir nach dem Begriff des »Wolkenseins«. Wir haben die Erscheinungsbilder der Wolken in Zusammenhang mit der *Wirksamkeit der Elemente*

Wasser, Luft, Wärme, Staub, also dem *Wolkenweben* gesehen; wie sich die Wolken erweben, wie sie ineinanderweben und aus dem Ineinanderweben die Erscheinung hervorbringen, verwandeln und wieder verschwinden lassen, wie das letztere an einem Regentag in einer windstillen Abendstunde geschehen kann. – Der Meteorologe spricht dann von einem Cumulus congestus vesperalis, der verdauten, der aufgelösten Abendwolke.

Dieses elementarische Weben, das Wolkenweben und -entstehen wurden dann übergeführt zum *Wolkenleben,* in dem *Gestalten* gebildet werden und sich ein bestimmtes Leben entfaltet. Wir unterschieden zwei Grundformen: die Aufstiegswolke, die pflanzenartig erscheint, und die Wolkenfelder, die sich zu großen Zyklonen zusammenschließen, Gebilde, die tausende von Kilometern in Spiralenform über die Erde dahinziehen und eine Luftmasse nach der anderen in sich aufnehmen, verwandeln, entwässern, aufsteigen lassen und nach oben abgeben. Anhand dieser Betrachtungen fragten wir uns, wo das Wolkenleben in der Natur zu Hause sei – im Reich der Minerale, der Pflanzen, der Tiere? Wir entdeckten merkwürdige Zwischenformen, *Zwischengestaltungen,* die uns dem eigentlichen Thema näherbrachten. Ich darf noch einmal zusammenfassen: Wolkenerscheinung und Verschwinden; Wolkenweben – Elemente; Wolkenleben – Pflanze, Tier; und schließlich: *Wolkenwesen, Wolkensein.* Auf diesen Bereich *zwischen* den Wesen wurden wir aufmerksam. An dem Zwischensein des Wolkenwesens öffnete sich uns eine Art Generalperspektive, mit deren Hilfe in Weltverhältnisse hineinzuleuchten ist, die normalerweise vom Bewußtsein nicht ohne weiteres wahrgenommen werden. Wir denken an das Unbemerkte, das zwischen den Zeilen in einem Brief steht und zwischen den Lauten, Silben, Worten einer Rede liegt, das zwischen den Wesen hin- und hergeht, zwischen den Naturreichen und Elementen und zwischen den Menschen. Selbst wenn wir in das eigene Innere hineinschauen, werden wir darauf aufmerksam, daß in uns selber, zwischen unserem Gedanken- und Gefühlsleben, dem Gedanken- und Willensleben, dem seelisch-geistigen Bewußtsein und dem leiblich-körperlichen Unbewußten auch immer etwas hin- und herwebt und -lebt. Vor uns entsteht *ein Weltbereich des Verborgenen-Offenbaren:* Berührung, Begegnung, Erfühlung; oder Wechselwirkung, Öffnung, Hingabe, Empfang, Rückgabe, Antwort. Es sind *Schwingungen eines Zwischenreiches.* – Wir haben dann entdeckt, daß hintergründig in der Natur zwischen den Elementen die Wärme hin- und herwebt, wie auch zwischen den Naturwesen sich Verbindungen auftun, die zwischen Pflanze und Tier als das Reich der Blüten erscheinen, diese wunderbare Vermittlerwesenheit der halb-beseelten Blüten zwischen dem Vegetativ-Pflanzlichen und dem Tierisch-Seelischen. Einen anderen Übergang fanden wir zwischen dem Mineralischen und dem Pflanzlichen, dort, wo die Wurzel, das Lebendige mit dem mineralischen Toten in Kontakt kommt, oder auch dort, wo die Pflanze in ihrer Beziehung zu dem Element Luft diese aus- und einatmet.

Eine solche vielfältige Wechselwirkung durchzieht im Grunde den ganzen Kosmos. Dies wurde auch an der Wetterbildung deutlich, indem Sonne, Mond und Sterne aus dem Kosmos hereinwirken, die Atmosphäre mit Licht und Wärme erfüllen und andererseits sich mit dem berühren, was aus den Erdentiefen aufsteigt, die Schwerkraft hervorruft und zum Beispiel den Luftdruck bestimmt. Das gesamte Wettergeschehen ist ein geheimnisvolles Wechselspiel zwischen den Himmelsweiten und den Erdenkräften.

Man kann also den Begriff vom »Wolkensein« *erweitern:* In allen Zwischengebieten wirkt sich ein Gewebe, entsteht

im Grunde etwas Wolkenhaftes. Auch das moralische Gebiet kann hier einbezogen werden. Denn jedes Gebet ist ein Opferrauch, der unsichtbar-übersinnlich aus der Menschenseele aufsteigt, so daß sich das Gnadewalten einer göttlichen Welt antwortend hineinleben kann. In der Anbetung offenbart sich der Zwischenbereich zwischen der Gottheit und dem Menschen.
Man kann diesen Zwischenbereich auf den verschiedensten Ebenen bemerken. Ich möchte kurz auch die humoristische Seite dieser Vertiefung anführen, denn:

Es war einmal ein Lattenzaun,
mit Zwischenraum, hindurchzuschaun.

Ein Architekt, der dieses sah,
stand eines Abends plötzlich da –

und nahm den Zwischenraum heraus
und baute draus ein großes Haus.

Der Zaun indessen stand ganz dumm,
mit Latten ohne was herum.

Ein Anblick gräßlich und gemein.
Drum zog ihn der Senat auch ein.

Der Architekt jedoch entfloh
nach Afri- od- Ameriko.

(Christian Morgenstern)

Ob dort die Zwischenräume mehr Bedeutung haben als in einem Lande, in dem der Senat den Lattenzaun einzieht?
Lassen Sie uns neben dieser humoristischen, grotesken Seite noch einmal auf Goethe verweisen, der für die Zwischenbereiche die großartige Formulierung gefunden hat: »das Übergängliche, das Milde«.

Vielleicht darf man an dieser Stelle für den heutigen Abend anknüpfen, indem ich auf das Christus-Wort aufmerksam machen möchte: »Ich bin die Tür.« Ja, verehrte Anwesende, eine Tür ist ja auch etwas zwischen zwei Räumen. Christus sagt von sich, Er sei das Zwischengebiet, durch das hindurch – wenn es richtig zugeht – der eine zu dem anderen gelangt. Wenn es jedoch nicht durch diese Tür zum anderen geht, so schleicht sich auf falschem Wege ein Räuber ein und fügt demjenigen, den er sucht, ein Unrecht zu.

In demselben Kapitel des Johannes-Evangeliums steht ein weiteres Ich-Bin-Wort, das man scheinbar schnell versteht: »Ich bin der gute Hirte.« Auch dieses Wort von dem guten Hirten kann man unter dem Gesichtspunkt der Zwischenwirkungen hören. Der Hirte ist ein Mensch, der zu dem Tierwesen eine Beziehung entwickelt, die wiederum zwischen Mensch und Tier hin- und herwebt. Wenn ein solcher Mensch mit seinen Tieren recht verbunden ist, läßt sich wahrnehmen, daß von den Tieren etwas auf ihn übergeht und von ihm selbst etwas auf die Tiere überströmt, was den guten Hirten erst ausmacht. Wir müssen also das Wort von dem guten Hirten nicht nur in dem Sinne fassen, daß jemand andere hütet und bewacht, sondern daß er die Wechselbeziehung entwickeln und aufrechterhalten kann. Wir entdecken an den Ich-Bin-Worten von der Tür und vom guten Hirten, wie Christus selbst von diesem Zwischengebiet nicht nur weiß, sondern sich sogar selbst damit identifiziert. Damit aber tut sich der Aspekt auf, den ich den *christologischen* nennen möchte.

Fragen wir nach dem Christus-Reich auf Erden: Wo ist es? Wohin soll ich schauen? Wohin soll ich fühlen? Worin soll ich leben und mich betätigen, um an diesem Reich Anteil zu haben? – Lassen Sie mich mit einem einzigen Satz an die vielen Gleichnisse in den Evangelien erinnern: »Das

Himmelreich ist gleich ...« Wenn Sie allein das 13. Matthäus-Kapitel aufschlagen, begegnen Sie einer ganzen Reihe von Gleichnissen zu dem Himmelreich. Doch handelt es sich nicht nur um die Idee des »Reiches«; plötzlich ist das Himmelreich gleich einem Manne, einem Menschen, einem König, einem Sämann usw. Mit einem Mal bekommt das Reich Personencharakter.

Wir können neben der Frage nach dem »wo« dieses Reiches auch jene nach dem »wie« seiner Entstehung stellen. Denn das Markus-Evangelium berichtet von dem Augenblick, in dem das Reich an die Erde herangekommen ist. Von Johannes dem Täufer, der geistig-übersinnlich beobachtet, während er Jesus unter Wasser hält, heißt es: »Er sah die Himmel *zerreißen.«* Es entsteht ein Zwischenraum aus den Himmeln heraus, und aus diesem tiefen Raum weht und leuchtet die Taube herunter.

Johannes der Täufer hat nach oben geblickt. – Rudolf Steiner beschreibt aus der geistigen Schau, was unten mit dem Menschen Jesus geschieht: Während er von Johannes dem Täufer unter das Wasser gehalten wird, zerreißt auch sein Wesensgefüge, indem das Ich aus dem Leibe hinausgeht in den Himmel und an seiner Stelle das Ich des Gottes, des Christus in den Menschen Jesus einzieht. Vor Johannes dem Täufer zerreißen die Himmel. In Rudolf Steiners Geistesschau »zerreißt« auch der Mensch. Die himmlischen Verhältnisse brechen auf, es wird etwas frei, leuchtende Geistigkeit strömt herunter, das Ich des Gotteswesens Christus verkörpert sich; aber auch der Mensch, in dem sich das ereignet, reißt auf und opfert sein Ich. In diesen Raum, den er innerhalb seiner Menschenwesenheit freigibt, kann das Ich des Christus einziehen. Es tritt nicht in das Ich dieses Menschen ein, das jener gerade geopfert hat, es tritt auch nicht unmittelbar in die Seele oder den Leib dieses Menschen ein, sondern *in den Zusammenhang,*

den die Wesensglieder dieses Menschen miteinander haben.
Es zeigt sich später, daß der Anfang der Christus-Wirksamkeit, wie wir sie dem Matthäus-Evangelium entnehmen, nicht so sehr in den Heilungen oder in den Belehrungen und den Gleichnissen, die Er gibt, kulminiert, sondern in der Tatsache, daß Er die Jünger auf den Berg mitnimmt und die Bergpredigt ausspricht (Matth. 5-7). Sie ist durchzogen von der Kraft, das Menschen-Ich in dem Gesamtzusammenhang seiner Wesensglieder zu stärken und das Verhältnis dieses Menschen-Ich zu seinen Wesensgliedern, seinen geistigen, seelischen und leiblichen Hüllen, in eine schöpferische Bewegung zu bringen. In diesem Geschehen senkt sich das Reich der Himmel aus den Himmelswelten herunter, es dringt in den Menschen ein und geht allmählich über in die Menschenwelt, in die einzelnen Menschen, in die Jünger-Seelen, d. h. in die leiblichen, seelischen, geistigen Jünger-Wesenheiten.
Was geschieht in dem Jesus selbst, welche Folgen ergeben sich daraus, daß die Christus-Wesenheit, das leuchtende Christus-Licht eingezogen ist in den Zusammenhang des Seelisch-Geistigen mit dem Leiblich-Körperlichen des Menschen Jesus? – Das nächste große christologische Ereignis erfolgt wiederum auf einem Berg, nämlich auf dem Taborberg in Galiläa. (Man beachte, bei welchen Ereignissen in den Evangelien die Stimme des Vaters erklingt.) Er steigt mit den drei Jüngern hinauf, und vor ihrem übersinnlichen Schauen beginnt die Lebenshülle dieses Menschen Jesus zu leuchten. Was ereignet sich in einer Lebenshülle, die selbst zu leuchten beginnt? »Das Antlitz wie die Sonne, die Gewänder weiß wie Schnee« (Matth. 17,2); gleichzeitig entsteht in den Höhen eine Wolke.
In den Tiefen leuchten die Lebenskräfte dieses Menschen dadurch auf, daß der Gott in den ganzen Wesenszusam-

menhang eingedrungen ist, hereingewirkt hat in die Lebenskräfte und sie in ein anderes Verhältnis zum Leiblich-Fleischlichen und zum Seelisch-Geistigen gebracht hat, als sie es vorher hatten. Es findet eine existentielle Schwingung statt, an welcher die Lebensleiblichkeit selbstleuchtend, sonnenhaft wird. Währenddessen bildet sich in den Höhenbereichen des Kosmos ein Wolkenweben aus, ein *Keim*, und es entsteht ein allererster Neuanfang in Wechselwirkung mit dem, was unten in der Leiblichkeit des Menschen Jesus vorgeht. Ein seltsamer Zusammenhang. – In ihrer übersinnlichen Schau nehmen die Jünger aus der eben sich zusammenwebenden Wolke die Stimme des Vaters wahr: »Dieser ist mein Sohn ... hören sollt ihr ihn.« Sie haben »gehört«; eine Wechselwirkung zwischen der veränderten, in eine andere Beziehung geratenen Lebensleiblichkeit des Menschen und dem kosmischen Wolkenweben hat begonnen. Dadurch ist in den elementarischen, in den himmlischen Welten ein neuer Keim in dem Zwischenreich des Wolkenseins entstanden, der eine unendliche Potenz hat, die man zunächst noch gar nicht bemerkt. Aus ihr ertönt das Wort des Vaters.

Verklärung auf dem Berg: *Entstehung einer Wolke.* Wir dürfen vielleicht, rein sinnlich wahrnehmbar, als Gleichnis an jene wunderbaren Wolkenkeime denken, die ich gestern abend versucht habe zu beschreiben. In der Zeit der Himmelfahrtstage formen sich am blauen Frühlingshimmel diese gerundeten, leuchtenden, oft in ganzen Scharen dahinschwebenden Wölkchen des Cumulus humilis, die unter Umständen eine riesige Gewitterwolke veranlagen. Es bildet sich etwas im Zwischenbereich, in dem Himmelreich, das für die Erde bestimmt ist.

Nun wissen wir ja, daß das nächste christologische Ereignis am Palmsonntag der Einzug in Jerusalem ist. Einige Griechen stellen die entscheidende Frage nach Christus, nach seiner Erscheinung. Sie wollen Ihn sehen. Daraufhin bittet Er um die Verherrlichung des vatergöttlichen Namens. Und es ertönt aus den Höhen die Stimme des Vatergottes. Einige der Anwesenden sagen, es habe gedonnert (Joh. 12,29). Der Wolkenkeim, der sich bei der Verklärung gebildet hat, ist inzwischen zu einer Potentialität verdichtet, welche die Menschen nicht schauen, aber hören können. *Ein Gewitter entlädt sich* in den kosmischen Höhen und wirkt in besonderer Weise bis in die physische Leiblichkeit des Jesus herunter. Jetzt kann Er davon sprechen, daß der Fürst dieser Welt aus einem Bereich ausgetrieben ist, den er vorher zu besitzen meinte.

Verehrte Anwesende, wir wollen hier einmal zurückblikken auf die Versuchung durch die luziferische Macht, die dem Christus sagte, Er könne alle Herrlichkeiten der Reiche dieser Welt, die alle besetzt sind, haben, wenn Er die luziferische Macht nur anbete. Aber die Antwort des Christus-Wesens bestand darin, daß Er es als seine Aufgabe ansah, in das Erdenwesen, in die Erdenwelt hineinzugehen, um dort *zwischen* den Wesen, auch innerhalb der Erde *zwischen* den Bereichen in ihrem Bau zu wirken. Denn nur so läßt Er helfend die Welt frei.

Die andere Widersachermacht, der »Fürst dieser Welt«, sieht, wie Christus in sein Reich eingetreten ist. Dieses Reich ist auch das des Todes, dessen Weltenkapazität darin liegt, Verbindungen zu trennen, eben nicht zwischen das eine und das andere Wesen zu treten, um zu verbinden, zu vermitteln, »übergänglich-milde«, sondern, wenn er wirksam sein soll, das, was sich verbunden hat, auseinanderzureißen, bis zum Staub der Materie. Die Gewalt des Todes besteht nicht nur darin, daß er Verbundenes trennt – das geschieht ja beim Tode eines jeden Menschen –, sondern sie besteht auch darin, daß er etwas abtrennt von seinem Ursprung, zu dem es eigentlich gehört. Er vermag ein

Wesen sich selbst zu entfremden, wodurch diesem die eigene Bestimmung absterben kann. – Man hat den Eindruck, daß das Walten der Todeskräfte gewissermaßen auch *zwischen* den Zeilen des Daseins wirkt, aber entgegengesetzt, indem es trennt und abtrennt, isoliert, verhärtet, verkrampft, zum Erstarren bringt, zerstäubt.

Was geschieht nun, wenn das Todeswesen erleben muß, daß der Christus in den Abgrund der Verwesung, der Zertrennung und Abtrennung hinuntersteigt? Er spricht ja sogar aus, daß es eigentlich *sein* Reich sei, das der Widersacher unrechtmäßig besetzt gehalten hat. Dieser habe seinen Weltendienst getan, und es sei ursprünglich *sein* Reich, in das Er hineinkomme. – Er zieht in das Zwischenreich des Todes ein.

In dem zentralen Mysterium von Golgatha dringt die göttliche Christus-Wesenheit ein in die Sphäre des Todes, des Todesgeschehens selbst, das Distanzen, Zertrennungen schafft. Diese Distanzen, diese Abgründe ergreift Er, geht in sie ein und nimmt sie in sich hinein. Und im Hineinnehmen wandelt er den Tod, die Zertrennung um in »das Übergängliche, das Milde«, wandelt sie um in das Verbindende, Vermittelnde, Heilende und Zusammenfügende. Der Tod selbst in seiner ureigensten Beschaffenheit wird ergriffen und überwunden. Das konnte kein anderes als das Christus-Wesen vollziehen, weil das Christus-Wesen von Uranfang den Bereichen des »dazwischen«, in die sich der Tod eingenistet hatte, wesenhaft zugehört.

Rudolf Steiner hat einmal davon gesprochen, das Ringen mit dem Tode, das Eindringen in die Todessphäre, dieses Aufgreifen des Nichts, des Zwischenraumes, das Erfüllen des Zwischenraumes mit zusammenhaltendem, heilendem Leben sei so grundsätzlich gewesen, daß der Ausgang anfänglich noch offen war. Aber Christus hat gesiegt. Worin bestand dieser Sieg? Christus überwand den Tod, indem

Er die vom Tode sonst in die Verwesung heruntergerissene Materie und das beim Sterben eines Menschen in die geistige Welt hinaufgerissene Leben zusammengehalten hat, und zwar so, daß die Kraft dieses geläuterten, bei der Verklärung leuchtend-sonnenhaft gewordenen Lebensleibes die Fähigkeit hatte, die Materie zu ergreifen und sie zu transsubstantiieren. Die Materie wurde durch Ihn vergeistigt und in sein Wesen hereingenommen, so daß Er nur den Staub, die Asche aus diesem Feuer in die Tiefe der Erde entließ. Das Ringen um die Auferstehung war ein fleischlich-leiblicher Prozeß, in dessen Verlauf Er in die Todessphäre eingedrungen war, um dort die heilende, die verbindende, die lebenschaffende Kraft zu entfalten und die Materie dieses Menschenleibes zu vergeistigen, in die Gestalt, in das Phantom der Menschenleiblichkeit hereinzuheben. Leuchtend wurde die Materie.

Ich glaube nicht, daß irgend jemand diese Umwandlung besser gemalt hat als Matthias Grünewald in seinem Isenheimer Altar, wo man mit Augen sehen kann, wie die Aura, die Bewußtseinsaura des Auferstandenen – nach außen grünlich, dann rot – gelb – rosa – purpur – so wirkt, daß das Antlitz, die Augen, auch der Bart wie fortwährend entstehen, gar nicht da sind. Dieser Meister hat es tatsächlich fertigbekommen, mit physischen Farben auf seine Tafeln das Geschehen so zu malen, daß man eben mit Augen sieht: Der Auferstandene ist nicht nur der Auferstandene, sondern er ist die *Kraft der Auferstehung* selbst; die Kraft der Bewahrung der Menschengestalt, die Kraft der Vergeistigung der Materie in diese Menschengestalt hinein durch ein Bewußtsein, dem niemals der Zusammenhang mit dem Vater verloren war.

Dieser Zusammenhang war der Grund für den Sieg. Wenn Er auch eindringen mußte in die Sphäre des Todes, so ist doch die Entfremdung seines Geistwesens gegenüber dem

Vater nie eingetreten; und darum hatte die Widersachermacht keine letzte Gewalt über Ihn.

Schauen wir bei Grünewald auf die Aura, wie er die Sonnen-Aura malt, die sozusagen das Weltbewußtsein des Christus repräsentiert; aber schauen wir auch auf die Farben, die das Gewand bekommt, das aus dem Grabe auffliegt. Da ist kein Grün, sondern Purpur, da ist Rot, Goldgelb, Orange, bläuliches Violett – die ganze Fülle der Seelenfähigkeiten dieses Wesens, das wiederum dadurch den Sieg erfochten hat, daß es sogar mit dem Tode selbst mitfühlen konnte. Es gibt wohl überhaupt keine Gefühlsnuance, die dem Christus Jesus nicht bekannt wäre; selbst die des Todes ist einbezogen. Man möchte sagen: Er hat den Tod ins Leben herübergeführt, Er hat ihn *von innen her* überwunden, weil Er mit ihm mitfühlen konnte. – Dann sehen wir auf die Leiblichkeit mit den Wundmalen. Gerade die Wundmale sind der Ort, an dem die Auferstehungsvollmacht wirkt, die Vollmacht, Leib zu bilden und Leib aufzulösen. Eben jene Stellen, an denen der physische Leib Verwundungen erlitten hatte, waren die Orte, für welche die Leibbildung, die Verdichtung der geistigen Kräfte so stark sein konnte, daß Thomas sie physisch wahrnehmen sollte.

Ein eigener völlig neuer kosmischer Schwerpunkt ist geschaffen; weder saugen die Himmelsweiten Ihn fort, noch fesseln Ihn die Gewalten der Schwere in der Erdentiefe: Er schwebt völlig frei – ein Weltbewußtsein, das mit dem Vater verbunden ist, ein Weltgefühl, das sogar mit dem Feind, dem Tode, mitfühlt. Christus rettet die Menschengestalt so hinüber, daß sie die Vollmacht hat, Leib zu bilden und Leib zu entbilden – wie im Sinnenbereich die Wolken: Wolkenbildung – Wolkenauflösung – Leibbildung – Leibauflösung des Auferstandenen, der eben *die Auferstehung* ist.

Der Auferstandene wirkt einmalig, unwiederholbar. – Was sich aus dem Grabe erhebt, ist nicht nur der Auferstandene; was sich aus dem Grabe erhebt, ist die Auferstehung – eine »Wolkenbildung«, jetzt nicht mit Pflanzengestalt, mit Tiergestalt, sondern mit Menschengestalt, deren Bildung und Entbildung in der Vollmacht Dessen liegt, der von sich selber sagt: »Mir ist die Macht gegeben über alles Fleisch.«

Der Auferstandene ist die Auferstehung, und die Auferstehung ist das Eigentliche; das eigentliche Geheimnis des Reiches der Himmel, des Reiches Christi, das auf Erden angekommen ist. Dieses Reich hat nicht nur seine Sonne, es hat auch seine Wolken. Alles, was Er auf Erden gelebt, getan, gelehrt, gelitten hat, ist nach den drei Tagen nicht von Ihm fortgegangen, im Gegenteil: Es hat sich um Ihn herum verdichtet zu den Bildern seines Erdenwandelns – das wahre Evangelium. *Um Ihn standen diese Bilder, diese Kräfte wie Wolken um eine Sonne.* Es sind die Wolkenbilder seines Erdenwandelns und seiner Erdentaten, die Er bekräftigt hat – und das ist jetzt sein Reich, das Reich Christi auf Erden: zwischen Feuer, Luft, Wasser, Erde, Mineral, Pflanze, Blüte, Schmetterling, Tier, Mensch, Wolke, Vater, Mutter, Kind, Bruder, Schwester, Denken, Fühlen, Wollen – überall.

Man fühlt, warum Novalis sagen kann: »Durchdring' er unsrer Erde Bau«, und warum Goethe fordert: »Pfeile, durchdringet mich.« – Wo wollen wir die Gegenwart Christi fühlen, wenn nicht dort, wo sie *ist*? »Daß Er es fasse, fühle, bilde« – eine Anschauung sollen wir davon bekommen, eine Herzens-Seherkraft entwickeln für dieses geheimnisvolle Reich, das einmal Galiläa heißt, ein andermal das Reich der Himmel, ein drittes Mal das Reich Gottes, ein viertes Mal das Reich der ewigen Ideen, ein fünftes Mal das Land Schamballa. Dieses Reich war immer schon da, aber es war nicht erfüllt. Denn nach den 40 Tagen, in denen der Auferstandene die Auferstehung fortwährend gewoben und verwoben hat, erscheint die Wolke wieder. Oben auf dem Berge schauen die Jünger, wie sie entsteht, und in diese Wolke hinein erhebt sich der Auferstandene; d. h. die Auferstehung geht jetzt in das Wolkensein über. Die Auferstehung als Folge, als Kraft wird jetzt im Wolkensein die Herrschaft der Himmelskräfte auf Erden. Der Auferstandene der 40 Tage geht ein in diesen Bereich keimender geistiger Wolkenbildung, die schon bei der Verklärung angefangen hat, nun wiederum anwesend ist und Ihn aufnimmt, um Ihn der ganzen Menschheit, der ganzen Erde bis zu den Enden der Erde zugänglich zu machen. Er geht in das Wolkensein, »in den Himmel« (Apostelgeschichte) über, so daß Ihn die Menschen zwar zunächst nicht schauen können, aber die Folgen dieser geistigen Tatsache erleben. Und die Aussagen der Evangelien und der Apostelgeschichte deuten in verschiedenen Bildern den gleichen Bereich an. Die geistige Wirklichkeit des hohen Berges in Galiläa bei Matthäus, die Quelle aller Gewalt im Himmel und auf Erden, das Sitzen zur rechten Hand Gottes bei Markus, das segnende Auffahren gen Himmel bei Lukas und die Bücher, welche die Welt nicht fassen kann, bei Johannes – sie alle sind verschiedene geistige Aspekte des gleichen Bereiches, der in der Apostelgeschichte die Wolke heißt. Die Verschiedenheit der Bilder hängt mit den erlebenden und berichtenden Menschen zusammen.

Die erste Folge, welche die Himmelfahrt hat, besteht darin, daß Er aus diesem vorerst unsichtbaren, unzugänglichen Wolkenbereich das Bewußtsein, das Wissen, die Erkenntnis herüberleuchten läßt. Er sendet aus dem Wolkensein zehn Tage nach der Himmelfahrt *den Geist der Erkenntnis*, den Geist des Verständnisses. Die erste Folge der Himmelfahrt ist die Ausgießung des Geistes, und zwar einem jeden einzelnen Menschen. So dürfen wir langsam, keimhaft durchfühlen, was es heißt, daß dieses Wesen in das Umfassen der gesamten Menschheit, der ganzen Erde übergeht und sich seine Sendung des Geistes in den einzelnen Menschen individualisiert, im Seelenleben, dem Bewußtsein, der Erkenntnis und in dem höheren Erfassen.

Dadurch wird der Mensch aber auch darauf aufmerksam, daß diese Geistbewußtheit, das Geistbewußtsein, das er erfährt, überhaupt nur möglich ist, weil gleichzeitig die zweite Gabe der Himmelfahrt erfolgt: *Das Christus-Wesen ist in den unbewußten Seelenteil, und zwar wieder in jeden einzelnen Menschen eingezogen.* Versuchen wir einmal ahnungsweise und mit Vorsicht zu erleben, was es für die Christus-Wesenheit bedeutet, wenn sie in das tiefere, unbewußte Wesen eines jeden einzelnen Menschen hineinstirbt, sich zerstückelt, um dann aus der Sphäre des Geistes die individuellen Erkenntniskräfte jedem einzelnen Menschen zu senden. Das ist eine Wechselwirkung *im Menschen* selbst zwischen seinem bewußten und unbewußten Seelenleben.

Die dritte Gabe der Himmelfahrt erfolgt bei jedem Kultus, in dem die Christus-Wesenheit, wiederum Ort für Ort, über die ganze Erde hin individuell ihre Leiblichkeit hereinopfert in das Brotbrechen am Altar und den Wein des Kelches, sie für die anwesende Gemeinde individualisiert. Bei der Kommunion geht dies in jeden einzelnen Menschen über, denn wir empfangen als einzelne Menschen Leib und Blut Christi.

Und schließlich offenbart sich eine vierte Gabe aus der Himmelfahrt heraus. Wenn in dem Menschen ein deutlicheres Bewußtsein davon wirkt, wie seine unbewußte Seelenhaftigkeit mit Christus erfüllt ist, und weiterhin in ihm das wirkt, was ihm zum Bewußtsein kommt, wenn er ein gläubiger Christ wird, und ein Drittes ihn belebt in dem, was ihm verständlich wird, wenn er ein erkennender Christ wird, dann ergibt sich eigentlich fortwährend die Möglichkeit, daß nun wiederum aus der Wolke heraus die Gestalt, das Bild des Auferstandenen für ihn jederzeit, an jedem Ort der Erde sich herausbilden und erscheinen kann. – Dieses Geschehen nennen wir die Wiederkunft Christi im Wolkensein.

Die erste Gabe der Himmelfahrt: es erfolgt für das Bewußtsein des Menschen die Geistsendung durch den Sohn.

Die zweite Gabe: im Unbewußten des Menschen werden seine Lebenskräfte getragen, und das Zusammenleben mit den Gaben kann er seelisch wahrnehmen. Es entsteht die Glaubenskraft.

Die dritte Gabe: die Menschen dürfen den christlichen Kultus zelebrieren und in Brot und Wein den individualisierten Leib und das Blut Christi empfangen.

Die vierte Gabe: der Christus kann jedem Menschen erscheinen als der Wiederkommende aus dem Wolkensein.

Man entdeckt, daß dieses ganze Wolkensein die Keimkraft der Seele, die Keimkraft der Heilung und die Keimkraft der Offenbarung enthält, die letztere in einem doppelten Sinne: im Sinne der Erleuchtung und der Erscheinung.

So nähern wir uns der fünften, mehr zukünftigen Gabe der Himmelfahrt, der fünften Folge, die darin begründet ist, daß nun auch die Leiblichkeit des Menschen immer wieder neu ergriffen werden kann, so daß sich jedem einzelnen Menschen die Beziehung zwischen seinem Geistigen, Seelischen und Leiblichen ändert. Das beginnt beim Atem, geht über in den Puls, auf das Blut. Atem und Blut strömen anders, es bilden sich die Stoffwechselverhältnisse des Menschen allmählich um – er bekommt Anteil an der Auferstehungskraft bis in seine Leiblichkeit hinein.

Und so, wie wir Menschen in der Zukunft den Auferstandenen schauen werden als den in den Wolken Wiederkommenden – die Wolke erscheint ja überall dort, wo von der Wiederkunft Christi in den Evangelien, der Apostelgeschichte und in der Apokalypse die Rede ist –, so werden wir in der Zukunft Anteil haben an der Verwandlung des Leibes, unseres Menschenleibes, an der Auferstehungskraft. Dies geschieht frei in der Welt, die das Reich der Himmel ist; jenes Reich, von dem Er gesagt hat: »Mein Reich ist nicht von dieser Welt«, und von dem Er zu dem Schächer sprach: »Heute noch wirst du mit mir im Paradiese sein.«

Wie viele Namen, wie viele Erscheinungen hat dieses Reich? Das Reich Gottes auf Erden ist durch die Himmelfahrt ein ewig Keimendes, Webendes, Lebendes, das der Mensch in seinem eigenen Inneren erspüren kann, das er in der Natur wiederfinden und in dem Zukunftsbau der Erde ahnen kann. Damit aber öffnet sich der Blick auch für die den Lebensrhythmus des Menschen umfassende Gabe der Himmelfahrt, die ich heute abend jedoch nur andeuten kann: Es ist die Art und Weise, wie dieses Reich Christi mit den Jahreszeiten der Erde lebt und so zur Grundlage der Feste wird.

Nachdem wir durch die Beschäftigung mit den Wolken auf das Reich des »Wolkenseins« hingeblickt haben, dürfen wir den Begriff des »Übergänglichen, des Milden« als eine Art Schlüssel gebrauchen, mit dem wir im inneren Anschauen immer deutlicher jenen Bereich wahrnehmen können, in dem Christus mit uns auf Erden lebt.

Sehr verehrte Anwesende, wenn man einmal auf diesen Bereich aufmerksam wird, fängt man doch an, sowohl sich selbst als auch den anderen Menschen gegenüber ein wenig anders sich zu verhalten. Nicht nur »Aggression und Frustration« im Umgang mit den Menschen und mit sich selbst, sondern auch Besinnung auf das »Milde« wird mög-

lich. Wir bekommen zur eigenen Leiblichkeit, zu unserer Seele, zu unserem höheren Wesen ein anderes Verhältnis. Wir können mit unserem Gedanken- und Gefühlsleben freier umgehen, wenn wir wissen: Lasse ich alles naturhaft ineinanderwirbeln, dann bin ich nicht auf dem Wege zu Christus. Versuche ich aber das »dazwischen« sorgfältig zu bilden, den freien bewußten Übergang des einen in das andere, so beginnt der Christus in mir zu wirken. Das gleiche gilt für mein Verhältnis zu meinen Mitmenschen, für das Hin und Her im sozialen Verhalten, wenn sich dort »das Milde« zu beleben vermag. Denn: »Wo zwei oder drei beisammen sind in meinem Namen – bin Ich inmitten unter ihnen.«
Da wir den erläuternden und befreienden Ausdruck des »Milden« Goethe verdanken, lassen Sie mich unsere beiden Betrachtungen mit seinen Worten abschließen:

Und wenn wir unterschieden haben,
Dann müssen wir lebendige Gaben
Dem Abgesonderten wieder verleihn
Und uns eines Folge-Lebens erfreun.

So wenn der Maler, der Poet,
Mit Howards Sondrung wohl vertraut
Des Morgens früh, am Abend spät,
Die Atmosphäre prüfend schaut.

Da läßt er den Charakter gelten;
Doch ihm erteilen luftige Welten
Das Übergängliche, das Milde
Daß er es fasse, fühle, bilde.

III.

Das Opfer der Auferstehung an die Erde

Verehrte, liebe Anwesende!

Wir haben gestern ein christliches Fest gefeiert, das Fest der Himmelfahrt Christi. Man muß nicht etwa denken, daß das nur *ein* Tag ist, sondern die ganze Stimmung, die geistigen Realitäten, die damit verbunden sind, wirken weiter: heute, morgen, noch die folgende Woche ist Himmelfahrtsfest, oder man kann auch sagen Himmelfahrtszeit.

Lassen Sie uns zunächst an das Neue Testament herantreten und aus der Apostelgeschichte des Lukas die Bildbeschreibung und Wortbeschreibung dieses Himmelfahrtereignisses hören. Ich möchte die Verse vorlesen, weil in ihnen alle wichtigen Motive enthalten sind.

»Mein erstes Wort, o Gottesfreund, es galt all dem, was Jesus schuf durch seine Taten und durch seine Lehre. Bis zu dem Tage hin, da er erhöht wurde, nachdem er seinen erwählten Aposteln den Weg gewiesen hatte durch die Kraft des heiligen Geistes. In vielen Wesensbekundungen hatte er sich ihnen nach seinem Leidensgange als der Sieger über den Tod erwiesen. Vierzig Tage lang offenbarte er sich ihren schauenden Seelen und sprach zu ihnen von den Mysterien des Reiches Gottes.

Und als er so in ihrer Mitte war, wies er sie an, Jerusalem nicht zu verlassen: Erwartet hier die Erfüllung der väterlichen Verheißung, die ihr durch mich vernommen habt.«

Der Wortlaut geht jetzt in die direkte Rede über:

»Johannes hat euch mit Wasser getauft; ihr aber sollt mit

dem heiligen Geiste getauft werden. Bis dahin werden nicht mehr viele Tage vergehen.
Da drängten sich alle zusammen und fragten ihn: Herr, wirst du dann auch dem Volke Israel das Reich wieder aufrichten? Und er sprach zu ihnen: Es ist eure Aufgabe nicht, die Zeiten und Augenblicke zu erkennen, die der väterliche Weltengrund in der ihm zustehenden Allgewalt gesetzt hat. Aber ihr sollt die Kraft empfangen, die sich auf euch herniedersenkt: die Kraft des heiligen Geistes; und dann sollt ihr meine Zeugen sein in Jerusalem und in ganz Judäa und Samarien bis an die letzten Grenzen der Erde. Und als er das sagte, wurde er vor ihren Augen emporgehoben, eine Wolke nahm ihn auf, und sie sahen ihn nicht mehr. Und als sie ihren Blick noch zum Himmel emporgerichtet hielten und ihm nachschauten, siehe, da standen mit einem Male zwei Männer in weißen Gewändern bei ihnen, die sprachen: Ihr Männer aus Galiläa, warum steht ihr da und blickt zum Himmel empor? Dieser Jesus, der vor euch in den Himmel entrückt worden ist, wird einst wiederkommen in der gleichen Art der Offenbarung, wie ihr ihn jetzt in die Himmelssphäre habt übergehen sehen. Da verließen sie den Gipfel des Ölberges, der nahe bei Jerusalem liegt, einen Sabbatweg entfernt, und kehrten nach Jerusalem zurück.«

Wer diese wenigen Worte – es sind nur zwölf Verse, gleich im ersten Kapitel der Apostelgeschichte – immer wieder anschauend vor die Seele stellt, kann ganz deutlich erleben, daß es sich hier um ein *Ereignis* handelt. Er begreift vielleicht auch noch, daß es sich gleichzeitig um eine *Tat* handelt, die der Christus Jesus selber vollzieht. Aber *was* das eigentlich ist, was da geschieht, erfaßt man ja nicht. Wir sehen nur eine Veränderung, eine vollständige Veränderung dessen, was vorher war, und wir erfahren, daß das, was da geschehen ist, sich fortsetzt, ja sogar sich in seinen eigenen inneren Gegenpol verwandeln kann. Das Geheimnis wird immer größer. Was man nicht so ohne weiteres merkt, verehrte, liebe Anwesende, ist, daß es sich hier eben nicht nur um ein Ereignis, auch nicht nur um eine Tat, vielmehr wirklich um ein Opfer handelt. Was ist ein Opfer seinem innersten Wesen nach? Zu einem Opfer gehört dreierlei: ein Wesen, das opfert, eine Person, jemand, der über etwas verfügt, das er opfern kann, das nicht nur einen Teil seines Wesens ausmacht, einen Teil seiner Substanz, sondern das er selber ganz sein kann. – Das zweite, das zu einem Opfer gehört, ist Freiheit. Denn ein Opfer ist nur dann ein solches, wenn es auch unterbleiben kann, wenn es aus Freiheit, nicht aus Zwang geschieht. Natürlich muß es vorbereitet sein, um Wirklichkeit werden zu können, aber wenn dabei keine Freiheit waltet, ist es kein wahres Opfer. Und das dritte, das zu einem Opfer gehört, besteht darin, daß etwas oder jemand da ist, an den sich das Opfer richtet. Das Opfer muß einen Sinn haben. Es bekommt seinen Sinn durch den Adressaten, zum Beispiel eine Welt, an die geopfert wird, oder ein Wesen, an das geopfert wird.

Indem diese drei Seiten eines echten Opfervorganges mit dem Himmelfahrtsgeschehen, dem Himmelfahrtsakt innerlich in Beziehung gesetzt werden, wird die Frage nach dem, was da geopfert worden ist, besonders deutlich. Ich habe versucht, in dem Thema des heutigen Abends anzudeuten, was da geopfert worden ist, nämlich: die Auferstehung. Nun müssen wir auch noch danach fragen, was die Auferstehung ist, dies Ereignis, das ohne Tod sich gar nicht hätte vollziehen können. Wenn man versuchen will, das Himmelfahrtsgeschehen *innerlich* zu fassen, wenn man versuchen will, dieses Ereignis, die Tat dieses Opfers innerlich zu fassen, dann muß man sein Denken schauend auf die Auferstehung richten, und damit auf den Tod. Denn das Wesen des Christus Jesus ist ja tatsächlich gestorben. Er hat einen Tod durchgemacht – das heißt zunächst immer, daß etwas Lebendiges, Gefügtes, Vollständiges zerbricht, auseinandergebrochen wird. Das göttliche Ich, das Christus-Ich hat sich aus dem Menschen Jesus im Todesvorgang herausgelöst, das Ich-Gefäß des Jesusmenschen und die Seele dieses Jesusmenschen mußten sich von dem Christus trennen und in menschlicher Einsamkeit nun erleiden, wie die Lebenskräfte abgetrennt wurden, wie die Leiblichkeit abgetrennt wurde und zerfiel. Der Tod auf Golgatha ist ein richtiger Tod und unterscheidet sich in dieser Hinsicht überhaupt nicht von dem, was jeder Mensch durchmacht, wenn er stirbt. Die Trennung dessen, was man anthroposophisch die »Wesensglieder« nennt, erfolgt Schritt für Schritt. – Nun ist aber das Merkwürdige, daß dieses Sterben sich dann doch ganz wesentlich von einem gewöhnlichen menschlichen Sterben abhebt, da die einzelnen Wesensglieder des göttlich-menschlichen Wesens Christus Jesus eine vollkommen andere innere Qualität hatten als sonst die Menschen. Das läßt sich schon am folgenden erkennen: Als das Christus-Ich nach dem Tode in den Bereich kommt, in dem die Toten leben, dürfen sie an Ihm erfahren, daß er seine innere, existentielle Herzensbeziehung zum Vater auf der Erde nicht verloren hat, was eben bei ihnen geschehen war; sie hatten ihr Ewiges, ihre Beziehung zu ihrem Ewigen, zum Vatergott, zur göttlichen Welt verloren. In Christus erscheint in der Welt der Toten ein Ich, das von seiner tiefsten Beziehung mit dem Vatergott nicht nur immer weiß, sondern auch mit ihm verbunden bleibt und darin aufleuchtet; dadurch wird er ein Beistand für die verstorbenen Seelen, »die ihr göttliches Sein verloren hatten«.

Die Seele dieses Wesens geht nach dem Tode einen anderen Weg als die Seele eines gewöhnlichen Menschen. Die Seele der gewöhnlichen Menschen steigt drei Tage nach dem Tode in die Astralwelt auf, macht dort ihre Reinigungen und Läuterungen durch und erfüllt sich allmählich mit den Sternenwelten, indem sie die irdischen Eigenschaften und Kräfte ablegt. Die Seele Jesu war ganz anders. Sie trug die Sternenwelten und Sternenkräfte als Seelenkräfte in sich. Alles, was für uns Menschen Ideale sind, war in dieser Seele Wirklichkeit. Barmherzigkeit, Liebe, Güte – alle möglichen menschlichen Tugenden waren in dieser Seele anwesend, so daß sie gar nicht zu den Sternen aufzusteigen brauchte, sondern im Gegenteil die Sterne in sich mit all ihren göttlichen Tugenden gesteigert aufleuchten lassen konnte im Todesvorgang. – Auch das zweite Wesensglied, die Lebenskräfte dieses Wesens gingen nicht den Weg, den sie bei uns Menschen gehen; unser Ätherisches, unsere Lebenskräfte, lösen sich nach dem Tode in die ätherische Welt hinein auf, dorthin zurückgehend als Opfer, woher wir sie empfangen haben. Bei dem Jesus-Wesen haben sich die Lebenskräfte im Todeszustand verdichtet; sie wurden leuchtend; sie zogen nicht zur Sonne, sondern sie wurden selber eine Sonne. – Auch dem fleischlichen Leib dieses Wesens widerfuhr nicht, was einem normalen Menschenleib widerfährt, indem er zerfällt und an die Elemente übergeht; der Leib dieses Menschen verwandelte von Anfang an, schon vor dem Todesaugenblick, die Stofflichkeit und seine Formkraft nicht in Richtung der Materialität, des ganz Materiellwerdens, des Herausfallens aus dem Menschen, sondern in Richtung einer Wiedervergeistigung, einer Ätherisierung. Die Gestalt, die Form dieses Menschenleibes war nicht wie bei uns Menschen, wenn wir sterben, verdunkelt, geschwächt, sondern sie leuchtete aus purem Licht bestehend.

Und sehen Sie, gerade weil die einzelnen Wesensglieder durch diesen Tod hindurch, das heißt durch die Zertrennung hindurch eine so gewaltige eigene Lebenskraft in sich hatten, bedurfte es der durchtragenden Kraft des Vatergottes, des väterlichen Weltengrundes, um diese Wesensglieder nun wieder zusammenzufassen und zusammenzuziehen, miteinander zu vereinigen und zu durchdringen, so daß am Ostermorgen der Sieg über den Tod erfochten war, indem das Christus-Ich sich wieder verbinden konnte mit der Jesus-Seele, mit dem leuchtenden, sonnenhaften Lebensleib des Jesus und mit den verwandelten Stoffen und der Formkraft des physischen Leibes.

Man muß nicht etwa denken, daß die Auferstehung plötzlich geschah; vielmehr hat sich diese Neubildung eines Auferstehungsmenschen, des auferstandenen Christus Jesus, nachdem sie am Ostermorgen anfänglich entstanden war, noch durch den ganzen Ostersonntag hindurch weitervollzogen. Was in den drei Tagen und Nächten, vom Kreuzestode angefangen am Karfreitagnachmittag, bis zum Sonnenaufgang am Ostermorgen im verborgenen vor sich gegangen ist, das findet man in den Evangelien mittelbar, aber nicht direkt. Sie schweigen darüber. Es bedurfte der modernen Geistesforschung Rudolf Steiners, um in die Hintergründe der Vorbereitung der Auferstehung am Ostermorgen Licht zu bringen. Die Stofflichkeit der Leiblichkeit des Jesus-Wesens geht zwei Wege: Ein Teil dieser durchgöttlichten Stoffe geht in die Erde über. Es sind das die ascheartigen Bestandteile. Dies zeigt sich in der Reaktion der Erde, der Elemente auf das Ostergeschehen. – Doch lassen Sie uns ganz aufmerksam anschauen, was die Evangelien selber sagen.

Für das, was am Ostersonntag geschieht, zeigen sie uns zunächst einmal, wie es sich in der Umgebung spiegelt. Die erste Spiegelung des Auferstehungsgeschehens am Ostermorgen ist in Erde und Luft zu finden. Die Verfinsterung der Sonne, die schon am Karfreitagmittag begonnen hatte, das Erdbeben, das bis zum Ostermorgen dauerte, waren gewissermaßen die äußere Spiegelung davon, daß am Ostermorgen bei der Auferstehung etwas von der besonderen Körperlichkeit, von der einzigartigen Materialität an die Erde wie ein feiner Rauch von Asche übergeben wurde, als der Leichnam im Grabe zerfiel. So wie bei einer Flamme auf der einen Seite das Licht und die Wärme ausstrahlen und auf der anderen Seite Rauch und Asche herausfallen, so trennte sich aus der Wärmeflamme der irdischen Leiblichkeit des Jesus-Wesens ein leuchtender Teil, der vergeistigt in den Leib des Auferstandenen überging, während ein anderer Teil als Asche in den geöffneten Erdspalt auf dem Grunde des Grabes versank.

Die zweite Spiegelung der Vorgänge, die wir in den Evangelien finden, sind die Engelerscheinungen. Alle vier Evangelien sprechen davon, wie die Frauen mit ihren offenen Seelen, mit ihren erschütterten Empfindungen herankommen an die Grabesstätte und wie sie der Reihe nach diese eigenartigen Engel-Wahrnehmungen haben, beginnend mit jenem Engel, der da – bei Matthäus – herunterfährt und den Stein beiseite wälzt, über den Jüngling bei Markus, über die beiden »Männer« bei Lukas, bis zu den beiden zarten Engelgestalten bei Johannes. Wie ein Echo, wie eine Spiegelung leben in den Frauenseelen die Worte der Engel: »Er ist auferstanden«, »Er ist nicht hier«.

Es folgt ein eigenartiges Zwischenstück: Die Jünger kommen, Petrus und Johannes, und während sie vor dem leeren Grabe stehen, weckt der Anblick dieses leeren Grabes in ihnen, vor allem in Johannes, die Ahnung davon, daß sich soeben tatsächlich ein einzigartiges geistiges Ereignis vollzogen hat und noch vollzieht. – Und dann erst, verehrte, liebe Anwesende, kommt dieser zarte Moment, in dem Maria Magdalena des Auferstandenen ansichtig wird. Das leise Hin und Her zwischen dieser Frauenseele, ihrem Schauen und dem Auferstandenen vollzieht sich so, daß er sie davor bewahrt, ihn zu direkt, sei es nun körperlich, sei es seelisch, anzurühren. Man hat den Eindruck, die Wiedervereinigung des Christus mit der Lebensgestalt, der Leibesgestalt und ihren geistverwandelten Stoffen, die aus dem Grabe herauf ätherisiert aufleuchten, ist gerade im Beginn. Man schaut durch die Seele der Maria Magdalena diese allererste Befestigung, die allererste Konsolidierung der Wiederverbindung der Wesensglieder in der Auferstehung Jesu Christi. – Über die folgenden Stunden des Tages bis zum Abend hin schweigen die Evangelien. Gegen Abend aber sind es zwei Männer, der eine heißt Kleophas, die nun auch durch das Erleben rätselhaft tief aufgelockert sind in den Seelen und im Wandeln, im Gehen mit einem Male den Auferstandenen bei sich haben, wiederum als übersinnlich-sinnliche Erscheinung. Zunächst sind sie ganz und gar mit ihren Seelenregungen befaßt. Sie sprechen von ihrer Trauer und von ihrer äußeren und inneren Hilflosigkeit. Der Auferstandene versucht, ihnen die Ereignisse zu verständlichen, ihre Seelen zu berühren, sie zu trösten; und sie merken gar nicht, wie nahe er ihnen eigentlich ist. Man hat den Eindruck: Jetzt ist das Auferstehungsgeschehen weiter vorangekommen. Die *Seele* des Christus Jesus hat sich unterdessen mit der Leiblichkeit, mit dieser Auferstehungsleiblichkeit so verbunden, daß Er jetzt als der Tröster der Menschen durch die Landschaft mit ihnen geht, bis sie schließlich in Emmaus angekommen sind. Dort tritt dann auf eigenartige Weise ein, worüber wir morgen noch weiter sprechen werden. Etwas von ihm selber geht über, als er das Brot bricht und im Brot aufleuchtet, eine ganz neue schöpferische Kraft strömt über, wie im Anschluß an das Abendmahl, das vor dem Mysterium, vor dem Tode war. Und sie erkennen ihn! Aber schon in demselben Moment entschwindet er ihrem Blick. – Am späten Abend kommen die beiden Jünger zurück nach Jerusalem,

die elf sind versammelt, die beiden treten ein, erzählen ihnen, was sie erlebt haben – und in diesem Moment geht das Schauen auf; sie erleben ihn in voller Auferstehungswirklichkeit. Denn es heißt immer wieder bei den Evangelien, die diese Szene berichten, daß er sie auffordert, ihn anzuschauen, insbesondere die leuchtenden Wundmale. Und es geht von ihm ganz anfänglich schon jenes Anhauchen mit dem Geiste wie eine Vorbereitung auf das Pfingstereignis aus. Aber auch eine gewisse Herausforderung ihrer Stumpfheit, ihrer Dumpfheit ist zu sehen, daß sie nicht schon von Anfang an, als sie durch die Frauen hörten, er ist auferstanden, ihn wirklich wahrnehmen konnten. Es war ihnen noch nicht möglich. Aber jetzt hat die Auferstehung einen so hohen Grad der Verwirklichung erreicht, daß der Auferstandene für die Jünger da ist. Besonders das Lukas-Evangelium schildert das eigenartige Übergehen seiner Lebenskräfte auf die Stoffe, auf die physisch-irdischen Stoffe des Brotes und der Fische beim Essen. Eine volle lebendige Anschauung wird den Jüngern zuteil: Nun ist tatsächlich ein vollkommen Neues in der Welt anwesend, in diesem einen einzigen Wesen!
Das *ist* die Auferstehung. Die Auferstehung ist der Auferstandene. Der Auferstandene ist eine eigenartige, einzigartige Wirklichkeit zwischen Himmel und Erde, zwischen übersinnlicher und sinnlicher Welt.

Nun haben wir ja vorhin gehört, daß auch Lukas ganz deutlich auf die vierzig Tage hinweist, in denen die Jünger mit dem Auferstandenen zusammenleben, womit zugleich das Geheimnis der vierzig Tage aufleuchtet. Was bedeuten diese vierzig Tage? Nicht wahr, alle Zahlen haben eine bestimmte innere Konfiguration, eine bestimmte innere Struktur. Und wenn man zum Beispiel eine Zahl wie die Sieben nimmt, so läßt sich sagen: Sieben ist siebenmal eins plus eins plus eins ... Schon das ist eine Struktur. Man kann

auch sagen: Die Sieben ist dreimal zwei plus eins. Das ist eine ganz andere Ordnung. Man kann ebenso sagen, die Sieben habe schon eine andere innere Gestalt, nämlich: drei und dann eins und wiederum drei. – Welche innere Konfiguration hat die Zahl Vierzig, die eine so große Rolle spielt? Denken Sie an die vierzig Jahre der Wüstenwanderung des hebräischen Volkes, die vierzig Tage zwischen Taufe und Versuchung. Und jetzt die vierzig Tage zwischen Ostern und Himmelfahrt. Nun, die Vierzig ist vierzigmal eins; sie ist zweimal zwanzig; sie ist viermal zehn – merken Sie, wie diese Zahlen immer etwas anderes Wesentliches mit sich bringen? –; sie ist zum Beispiel auch dreiunddreißig plus sieben. Sie ist auch fünfmal sieben plus fünf. Wenn man *diese* innere Figur der Vierzig zu fassen versucht – denn es handelt sich ja immer um vierzig Tage, das heißt um Zeitabläufe – und sieht, wie in der Vierzig fünfmal die Sieben – d. h. fünf Wochen, fünfmal sieben Tage – enthalten ist, und den fünf Wochen noch einmal fünf Tage angefügt werden, dann hat man die hier entscheidende Konfiguration dieser Zahl vor sich. Fünfmal wird etwas durch die Woche durchgelebt, durchgetragen, durchgearbeitet, und wenn das geschehen ist, wird es nochmals an je fünf einzelnen Tagen wie in Veränderungen wiederholt.
Mit diesem Schlüssel kann man versuchen, auf die vierzig Tage, in denen der Auferstandene mit den Jüngern lebt, hinzuschauen und kann dann fragen: Was bringt uns die eigentlichen Vorgänge dieser vierzig Tage nahe, die auf Himmelfahrt hinzielen? Nicht wahr, wir haben ja gesehen, daß am Ostersonntag, vom frühen Morgen an, durch den Vormittag, durch den Tag, zum Abend hin, bis schließlich in den Abend hinein, der Auferstandene – nun darf ich so sagen – vollendet ist, er ist da. Und was bedeutet es, daß er weiter so da ist, wie er am Ostertag »entstanden«, wie er »geschaffen worden«, wie er vom Vatergott gewissermaßen neu

geschaffen worden ist, aber auch durch das eigene Tun? Rudolf Steiner hat den Priestern der Christengemeinschaft geraten, bestimmte Evangelienstellen aus dem Johannes-Evangelium mit diesen fünf Wochen nach Ostern zu verbinden und sie so zu lesen. Für die erste Woche, zum Ostersonntag, gibt er den Hinweis auf Markus 16. Was ich vorhin beschrieben habe, kommt eigentlich alles in Markus 16 vor; dies ist ganz und gar das Evangelium des Ostersonntages. – Acht Tage später lesen wir Johannes 20. In diesem Kapitel des Johannes-Evangeliums wird beschrieben, wie acht Tage nach dem Ostersonntag Thomas, der am Ostersonntagabend nicht dabei ist, dem Auferstandenen begegnet. Und nun geschieht das Eigenartige, daß der auferstandene Christus Jesus sich nicht mehr nur schauen läßt von den Menschen: »Betastet mich und seht mich an: Eine Geistererscheinung hat kein Fleisch und kein Gebein, wie ihr es an mir seht«, so spricht er im Lukas-Evangelium. Dies Sich-anschauen-Lassen und Angeschaut-Werden ist offensichtlich ein übersinnliches Anschauen. Dabei ist zu bedenken, daß die unterste Stufe übersinnlicher Wahrnehmungen in Imaginationen besteht. Die echte Imagination webt sich zusammen aus demjenigen, was auf der einen Seite aus der Seele des Menschen in das Übersinnliche hinüberstrahlt und was andererseits von der geistigen Welt her sich damit verbindet.

Das Schauen des Auferstandenen ist keine Imagination. Das übersinnliche Wesen des Auferstandenen webt selber die Stoffe und Kräfte des geistig-seelischen Bereiches zum Bilde seiner Erscheinung. Echte Imaginationen haben immer noch einen subjektiven Anteil. Die Erscheinung des Auferstandenen ist vollständig objektiv: Er ist es selbst, der sich im Medium übersinnlicher Stoffe und Kräfte zur Erscheinung bringt. Das tut er dadurch, daß er das Organ für seine Wahrnehmung selber aus den Herzkräften des Menschen hervorholt. Dadurch hat für den Schauenden die Erschei-

nung des Auferstandenen einen unverwechselbaren Charakter: den der höchsten Wirklichkeit.
Er fordert Thomas auf, die Wundmale anzurühren, die Finger in seine Hand zu legen, die Hand in seine Seite, damit er die Wirklichkeit seines Auferstehungsleibes spüre. Dieser Auferstehungsleib ist jetzt acht Tage alt und hat in diesem Zeitraum das, was am Ostersonntagabend entfaltet war, verstärkt und befestigt, so daß man eigentlich sagen kann: Am Ende der ersten Woche der fünf Wochen, dieser vierzig Tage, kann sich der auferstandene Christus in vollständiger Wirklichkeit gegenwärtig machen.
Bitte, verehrte Anwesende, versuchen Sie, diese tastenden Beschreibungen, die ich hier gebe, so zu nehmen, daß bei jedem Wort, das man damit verbinden möchte, der höchste Respekt zu spüren sein muß vor der absoluten Einmaligkeit dieses Zustandes, der damals eingetreten war.
An dem dritten Sonntag lesen wir Johannes 10. In diesem Kapitel des Evangeliums stehen zwei Ich-bin-Worte. »Ich bin die Türe zu den Schafen.« Ich bin die Türe zwischen den Menschen. – Ein Mensch kann einem andern eigentlich nur dann wirklich begegnen, wenn er ihn durch den Christus hindurch erlebt. – Das andere Wort ist das von dem Guten Hirten: »Ich bin der gute Hirte.« So, wie man denken kann, daß in den ersten acht Tagen bis zu der Begegnung des Thomas mit dem Christus mehr der leibliche Aspekt der Auferstehung, die Leiblichkeit des Auferstandenen sich befestigt, konkretisiert hat in ganz feinen Übergängen und Verwandlungen, so kann man sagen, daß an diesem dritten Sonntag, zwei Wochen nach Ostern, das Ich der Menschen angesprochen wird. Wie bei Thomas die Berührung mit dem Auferstandenen im Mittelpunkt des Erlebens, des Wahrnehmens steht, so wird jetzt das Ich der Menschen derart angesprochen und wachgerufen, daß der Auferstandene eben nicht nur eine leibliche Wesenheit ist, sondern ein Ich

hat, das sonnenhaft ist und für alle Zukunft zwischen Mensch und Mensch vermittelt; ein Ich, das für alle Zukunft den Menschen befähigt, ein Bruder und ein Hirte seines Mitmenschen zu sein. Indem das Christus-Ich gleichzeitig diese direkte Hirtenbeziehung zum Menschen-Ich hat, deren Charakter die tiefste Bejahung von Ich zu Ich ist, von Gottes-Ich zu Menschen-Ich, kann dadurch auch der Mensch die Befähigung erlangen, dem anderen Menschen-Ich nicht nur zu begegnen, sondern dasselbe auch vollständig zu bejahen und anzuerkennen in seiner ichhaften Existenz. – Nach der ersten Osterwoche können wir die leibliche Seite der Auferstehung befestigt fühlen, jetzt blicken wir auf die Ich-Seite.

Mit einer gewissen inneren Spannung erwartet man die Evangelienstelle für den folgenden Sonntag. Wir lesen Johannes 15. Viele von Ihnen haben die Osterzeit hier in der Christengemeinschaft miterlebt und haben wohl diese Evangelien immer wieder hier vom Altar her hören können. Als Hauptmotiv erscheint wiederum ein Ich-bin-Wort: »Ich bin der wahre Weinstock, und mein Vater ist der Weingärtner . . . Ich bin der Weinstock, ihr seid die Reben.« Sehen Sie, wie jetzt das, was sich zunächst leiblich, dann geistig-ichhaft konsolidierte, nun in strömendes Leben übergeht. Was ist denn gemeint mit diesem Wort: »Ich bin der Weinstock, ihr seid die Reben«? Das heißt: Wenn ihr an mir lebt, seid ihr durchströmt von der Kraft, die Ich bin! – Der Auferstandene ist noch einen Schritt weitergegangen, er hat die Fähigkeit entwickelt, strömendes Leben auszuatmen. – Man darf sich nicht davon unrichtig beeindrucken lassen, daß diese Reden, wie sie Johannes aufzeichnet, alle *vor* dem Karfreitag gesprochen worden sind, denn gerade dadurch, daß Christus das Abendmahl vollzogen und dann diese Reden geführt hat, waren sie wie eine Vorschau auf das Kommende. Darum sind diese Evangelienworte für die fünf

Ostersonntage ganz zutreffend. Natürlich kann man das nicht ohne weiteres wissen; aber wenn man es von dem Eingeweihten anvertraut bekommt und jahrelang praktiziert, sieht man, wie zutiefst richtig diese Zuordnung der Evangelienworte zu den Sonntagen nach Ostern ist. Das Wesen des Auferstandenen offenbart sich dem Menschen von Stufe zu Stufe.

An den beiden folgenden Sonntagen hören wir Kapitel 16 und 14 des Johannes-Evangeliums. In ihnen erscheinen bereits die Motive, die mit Himmelfahrt und Pfingsten zusammenhängen. Ganz eigenartig erklingen in dem 16. Kapitel die Motive von der »Kurzen Zeit«: »Eine kurze Zeit, und ihr werdet mich nicht mehr sehen. Und wiederum eine kurze Zeit, und ihr werdet mich sehen.« – Man muß zu verstehen suchen, was das heißt. Wie vom Ostersonntag an acht Tage lang dieses Sehen, Schauen, Berühren, dieses die leibliche Gegenwart des Auferstandenen übersinnlich-geistig Erleben-Können das Wichtige war, so ist es jetzt die Vorbereitung der Himmelfahrt. Sie besteht darin, daß wiederum eine neue Kraft in dem auferstandenen Christus Jesus entstanden ist, die ihn befähigt, fortwährend seine Leiblichkeit herzustellen, zu verdichten, zur Anschauung zu bringen, oder sie auch wieder aufzulösen. Ein wunderbares Kommen und Gehen des Auferstandenen beginnt. Immer geschieht es wie im Vorübergehen; also niemals so, daß der Mensch, der dieses auferstandene Wesen erschaut, überwältigt wird, sondern im Gegenteil: Der Mensch selber trägt dazu bei, daß die Erscheinung des Auferstandenen sich für ihn erbilden kann; im nächsten Moment entbildet sie sich ihm wieder, zieht sich zurück, verschwindet. Wie ein Hauch ist es. Doch der Mensch behält einen unverlierbaren Eindruck von der Wirklichkeit dieser Begegnung. In diesem hauchhaften Werden und Entwerden, Sich-Bilden und Entbilden, Erscheinen und Verschwinden liegt eine viel höhere

Macht, eine viel höhere Vollmacht als die Verdichtung allein in die Anschaubarkeit. Das Bleibende als solches ist weniger mächtig als das Bleibende in der Vollmacht der Verwandlung. Man merkt, wie hier auf ganz feine Weise die Himmelfahrt vorbereitet wird.

An dem letzten Sonntag vor Himmelfahrt blicken wir auf das 14. Kapitel des Johannes-Evangeliums, in dem dann ganz eindeutig von einem Hingang die Rede ist und davon, daß der Zum-Himmel-Fahrende, der Auffahrende in ein Reich kommt, in welchem er Wohnungen bildet für die Menschen, in welchem die Menschen, die heimatlos sind, geistige Wohnungen bekommen. Es erscheint in diesen Evangelienstellen im Hintergrund ein Bereich, in den die Auferstehung mündet und von dem aus sie in alle Zukunft vollmächtig für die ganze Erde und für alle zukünftigen Erdenmenschen möglich wird; ein Bereich, von dem aus auch die Erleuchtung der menschlichen Bewußtseine erfolgt, so daß Wirklichkeit und Wahrheit, das heißt Erfahrung und Erkenntnis vollendet werden können. Hierin liegt die Vorbereitung für Himmelfahrt und Pfingsten.

In den vierzig Tagen vor der Himmelfahrt beginnt der Auferstandene sich in fortwährenden Verwandlungen den Menschen anheimzugeben. In den ersten drei Wochen konsolidiert sich das Auferstehungswesen des Christus in seiner Einmaligkeit, und schon in den folgenden beiden Wochen entwickelt das so Gebildete, das Befestigte eine zusätzliche Kraft, die ihm die Fähigkeit gibt, in der Bewegung von Kommen und Gehen und wieder Nahen den Menschen zu begegnen. Man kann das vielleicht so formulieren: Der Auferstandene verwandelt sich mehr und mehr in die Auferstehung bis zum Tage seiner Himmelfahrt, fünf Tage nach der fünften Woche. – Ich möchte wirklich nur ganz vorsichtig den Gedanken andeuten, daß in diesen letzten fünf Tagen der Osterzeit die fünf Wochen nochmals wie wiederholt

werden, daß alles, was durch die fünf Wochen entstanden ist in diesem großartigen Verwandlungsrhythmus der vierzig Tage, in den fünf Tagen noch einmal wiederholt wird bis zu dem Tage der Himmelfahrt, vierzig Tage nach Ostern. – Das Ur-Ostern war ja am 5. April, der Karfreitag am 3. April des Jahres 33, der Himmelfahrtstag fiel auf den 15. Mai.
Nun, verehrte Anwesende, was geschieht, worin besteht das Opfer der Auferstehung an die Erde, dieses eigentliche Himmelfahrtsereignis? Ich möchte an dieser Stelle wieder auf das zurückgreifen, was ich schon am Anfang versucht habe anzudeuten, daß man nämlich unterscheiden muß zwischen den Arten des Opferns. Es gibt Opfer, die mehr aus dem Seelischen hervorgehen, indem der Mensch auf etwas verzichtet, ein Opfer, das auch darin bestehen kann, das Leben hinzugeben – also leibliches Opfer, lebensmäßiges Opfer, ein seelisches Opfer. Es gibt aber noch eine andere Art des Opfervorganges. Paulus hat in dem Brief an die Epheser, in dem mittleren, vierten Kapitel, versucht zu zeigen, worin eigentlich das Christusopfer besteht. Sie finden in diesem 4. Kapitel im Epheser-Brief, Vers 7–10, folgende Sätze:

> »Jedem einzelnen von uns werde die Gnade zuteil nach dem Maß der schenkenden Liebe Christi. Es heißt ja: ›Er ist zu den Höhen emporgestiegen, um die Macht, die euch gefangenhielt, in Gefangenschaft zu versetzen, und so kann er den Menschen seine Gaben spenden.‹ Daß er emporgestiegen ist, ist es nicht das gleiche, wie daß er hinabgestiegen ist in die untersten Schichten der Erde? Der hinabgestiegen ist, ist der gleiche wie der, der emporgestiegen ist höher als alle Himmel; er wollte alles Dasein mit seinem Sein erfüllen.«

Auf ein Mysterium weist Paulus mit diesen wenigen Worten hin, nämlich auf das Mysterium, das allem echten Opfer im

Ich zugrunde liegt und das man in seiner Größe nicht fassen kann, weil es nämlich das Geheimnis der coincidentia oppositorum, der inneren Identität der Gegensätze, einschließt. Sehen Sie, verehrte Anwesende, im geistigen Bereich ist zum Beispiel Liebe eine Kraft, die gerade dadurch, daß sie dem anderen zuströmt und das liebende Wesen in seiner Liebehingabe sich entleert, dieses liebende Wesen immer voller und voller werden läßt. Je mehr Liebe es hingibt, desto erfüllter wird es von Liebe! Rudolf Steiner hat diesen Vorgang einmal in folgendes Bild gebracht: Stellen Sie sich vor, Sie hätten ein leeres und ein mit Wasser gefülltes Glas, Sie würden aus dem vollen in das leere übergießen, und das sich leerende würde immer voller! – Intellektuell verstehen läßt sich das nicht, physikalisch ist es ohnehin ausgeschlossen. Daß Entleerung Erfüllung sein kann, ist ein Geheimnis des geistigen Lebens. – Man kann diese Paradoxie, diese intellektuell nicht begreifbare Paradoxie einer Wirklichkeit geistig-seelischen Wesens noch erweitern. Man kann zum Beispiel sagen, daß ein selbstloses Hinausströmen im allgemeinen, ein Sich-Entäußern, eine Verinnerlichung und Vertiefung bedeuten kann. Wenn sich dies Hinausströmen nicht selbstlos vollzieht und ganz im Seelischen verbleibt, wird das betreffende Wesen immer äußerlicher und oberflächlicher; geschieht es jedoch ichhaft-geistig, dann bewirkt gerade ein stärkeres Hinausgehen in die Weite ein um so tieferes Verinnerlichen in die Tiefe. Ein solcher Mensch war zum Beispiel Goethe: Je mehr er hinausging in die Welt, desto tiefer faßte er sie. – Oder auch eine andere solche Paradoxie: daß etwas umhüllt wird, eine Tätigkeit der Einhüllung, der Umgebung, der Behausung, der Besorgung vor sich geht. Diese Umhüllung ist etwas ganz anderes als Durchdringung. Und doch kann es geschehen, daß eine liebevolle Umhüllung gleichzeitig eine Durchdringung ist.

Auf diesem Wege beginnt man zu begreifen, was eigentlich

das Himmelfahrtsereignis war, das der Christus Jesus verwirklicht hat; daß er es nämlich vollbracht hat, diese wunderbare, grandiose Einmaligkeit seines auferstandenen Gesamtwesens *aufzugeben*, man kann auch sagen verströmen, zerfließen zu lassen, hinzuopfern, damit, was in diesen vierzig Tagen einmalig war, aber auch in diesen vierzig Tagen eine Entwicklung durchlaufen hat, nunmehr die Himmelfahrt vollzieht. Sie ist aber nicht nur ein Aufsteigen – welchen Eindruck man leicht aus der Apostelgeschichte des Lukas gewinnen könnte –, sondern dieser Aufstiege ist zugleich ein Abstieg. Je höher hinauf, in einen je höheren Bereich über alle Himmel hinaus sich dieses Wesen ergießt, desto tiefer steigt es herunter in die innersten Untergründe der Erde. Je weiter er die Himmel umgreift, desto enger faßt er die Erde. Wie sagt Paulus? »Der hinabgestiegen ist, ist der gleiche wie der, der emporgestiegen ist . . .« Der Aufgestiegene ist der Abgestiegene, und der Abgestiegene der Aufgestiegene. Schauen wir noch einmal auf das Ostergeschehen zurück: Zu der Entwicklung, die ich vorhin beschrieben habe, lassen Sie mich jetzt noch hinzufügen, was ebenfalls in diesen drei Tagen bis zum Ostermorgen sich ereignet hat: nämlich die Höllenfahrt. Der Abstieg in die tiefsten Tiefen der Erde ist zugleich ein Aufstieg, so daß »Höllenfahrt« und »Himmelfahrt« christologisch zusammengehören. Auch dies, verehrte Anwesende, ist nichts anderes als die Paradoxie der inneren Identität von Tod und Leben im Christusbereich. Tod ist Leben und Leben Tod, Aufstieg ist Abstieg und Abstieg Aufstieg, Entleerung ist Erfüllung und Erfüllung Entleerung. So erscheint die existentielle Paradoxie eines geistigen Vorganges, einer geistigen Tat. Nun können wir ahnungsweise begreifen, was bei der Himmelfahrt tatsächlich geschehen ist. Wir sagen »Himmelfahrt«, wohl ist das richtig – und doch gleichzeitig gefahrvoll, weil wir mit dem Wort als Bild immer nur den Aufstieg verbinden und außer acht lassen, daß in diesem Aufstieg eine Gegenbewegung enthalten ist so wie in der Ausbreitung eine Konzentration, in dem Ergreifen des Himmels ein Ergreifen der Erde, in dem Ergreifen des Todes ein Ergreifen des Lebens, in einem Ergreifen des Lichtes ein Ergreifen der Finsternis. Man sieht, wie tief Auferstehung und Himmelfahrt miteinander verbunden sind; man sieht aber auch, daß in dem Himmelfahrtsereignis erst recht zum Vorschein kommt, was im Keim in der Auferstehung verborgen ist. *In diesen Gegensätzen dynamisch leben zu lernen* – das heißt eigentlich: Himmelfahrt.

Indem der Christus Jesus sich selber als den Auferstandenen an den Vater, die Welt, die Erde und die Menschheit hinopfert, schafft er ein Einheitliches für die Erde, wird er die Sonne in der Erde, der Geist der Erde. Es gibt von Rudolf Steiner diesbezüglich viele Ausführungen. Ich möchte Ihnen einiges davon hier vorlesen, damit Sie sehen, wie er von diesem Geschehen spricht:

> »Ja, mit dem Golgatha-Ereignis ist ein neuer Mittelpunkt geschaffen. Mit der Erde ist seitdem vereint der Christus-Geist. Nach und nach ist er herangekommen, und seit der Zeit ist er in der Erde. Und es handelt sich darum, daß die Menschen erkennen lernen, daß der Christus-Geist seit jener Zeit in der Erde ist, daß in jedem Produkt der Erde der Christus-Geist ist, und daß sie alles unter dem Gesichtspunkt des Todes erkennen, wenn sie nicht den Christus-Geist darinnen erblicken, alles aber erkennen unter dem Gesichtspunkt des Lebens, wenn sie darinnen erblicken den Christus-Geist.«

Wer glaubt denn so etwas?

> »Überall, wo wir bloß Stoffe sehen, da sehen wir die Unwahrheit«, nämlich den Tod. Und wenn Sie sagen: »›Die Erde besteht aus Stoff-Atomen‹ – gleichgültig, ob

> es räumlich ausgedehnte Atome oder Kraftmittelpunkte sind, es kommt darauf nicht an. Wenn wir Atome sehen, aus denen unsere Erde bestehen soll, dann sehen wir den Erdenleichnam ... Dann erst erkennen wir die Wahrheit, wenn wir in jedem Atom sehen einen Teil des Christus-Geistes, der seit jener Zeit darinnen ist. Aus was besteht denn die Erde, seitdem der Christus-Geist sie durchdrungen hat? Bis ins Atom hinein besteht die Erde aus Leben, seit sie der Christus durchdrungen hat!«

Wer glaubt denn das? Wer erlebt das? Wer sieht es?
Was hier für das gewöhnliche Bewußtsein des Menschen im Grunde so unfaßlich ist, ist dennoch die Wirklichkeit von Tod, Höllenfahrt, Auferstehung und Himmelfahrt. Sehen Sie, verehrte Anwesende, das ist das Ergebnis des Opfers von der Auferstehung Christi an die Erde. Dieses Himmelfahrtsopfer hat sich nicht nur in Richtung auf die Erde vollzogen, sondern in Richtung auf den Vater. Man könnte sagen: Der Vater ist uns nähergekommen durch die Auferstehung. Und wieder läßt sich solch ein paradoxer Satz finden, und zwar in der Himmelfahrtsepistel der Menschenweihehandlung: *Indem* der Christus beim Vater wohnt, hat er Wohnung bei uns, und indem er bei uns wohnt, wohnt er beim Vater. Hier herrscht dasselbe geistige Prinzip wie vorhin: Eine Entleerung ist eine Erfüllung, ein Aufstieg ist ein Abstieg, und umgekehrt. Diese innere Geistdynamik, diese innere Ich-Vollmacht, das ist Himmelfahrt.
Und, verehrte Anwesende, das Himmelfahrtsopfer bezieht sich auf uns, auf den Menschen. Denn seit der Himmelfahrt ist der Christus mit der physischen und ätherischen Leiblichkeit eines jeden Menschen ebenso verbunden wie mit der Erde – ohne daß wir Menschen zunächst dieses beides wahrnehmen. Und es gibt eine letzte Paradoxie, mit der ich das Thema abschließen möchte, die darin besteht, daß man

fragt: Wo ist er denn? – Die Menschen ahnen nicht, daß sie dort, wo sie sich von ihm am weitesten entfernt wähnen, ihm am nächsten sind. Auch das ist Himmelfahrt, sich wenigstens einmal einen solchen Gedanken zu bilden: Dort, wo ich mir am entferntesten von Christus vorkomme, dort bin ich ihm am nächsten – oder er mir.

Dies ist das umfassende Opfer des Geschehens der Himmelfahrt, das sich andauernd weitervollzieht. Man möchte sagen: Jedes Jahr zu Ostern bildet der Christus die Auferstehungskraft neu, und jedes Jahr zu Himmelfahrt opfert er sie auf. Jedes Jahr zu Ostern besteigt er die Erdentiefen, dringt durch die Erdentiefen auf, jedes Jahr zu Himmelfahrt ergreift er die Höhen, um sie mit den Tiefen zu verbinden. Er bildet in diesen Tagen, von der Himmelfahrt bis Pfingsten, fortwährend aus der Erde einen Himmel und aus dem Himmel eine Erde, um uns herum, in uns darinnen.

Es hat immer Menschen gegeben, die davon eine Ahnung hatten; ich brauche nur an einige Sprüche des Novalis zu erinnern. Doch möchte ich die wunderbare Stelle aus dem Epheser-Brief wiederholen und damit die Betrachtung abschließen, weil sie, so scheint mir, das eigentliche Himmelfahrtsgeheimnis so deutlich ausspricht:

> »Jedem einzelnen von uns werde die Gnade zuteil nach dem Maß der schenkenden Liebe Christi. Es heißt ja: ›Er ist zu den Höhen emporgestiegen, um die Macht, die Euch gefangenhielt, in Gefangenschaft zu versetzen, und so kann er den Menschen seine Gaben spenden.‹ Daß er emporgestiegen ist, ist es nicht das gleiche, wie daß er hinabgestiegen ist in die untersten Schichten der Erde? Der hinabgestiegen ist, ist der gleiche wie der, der emporgestiegen ist höher als alle Himmel; er wollte alles Dasein.«

IV.

Die Quellgründe des christlichen Kultus

»Alle

Es sprach der Geist: Sieh auf! Es war im Traume.
Ich hob den Blick. In lichtem Wolkenraume
Sah ich den Herrn das Brot den Zwölfen brechen
Und ahnungsvolle Liebesworte sprechen.
Weit über ihre Häupter lud die Erde
Er ein mit allumarmender Gebärde.

Es sprach der Geist: Sieh auf! Ein Linnen schweben
Sah ich und vielen schon das Mahl gegeben,
Da breiteten sich unter tausend Händen
Die Tische, doch verdämmerten die Enden
In grauen Nebel, drin auf bleichen Stufen
Kummergestalten saßen ungerufen.

Es sprach der Geist: Sieh auf! Die Luft umblaute
Ein unermeßlich Mahl, soweit ich schaute,
Da sprangen reich die Brunnen auf des Lebens,
Da streckte keine Schale sich vergebens,
Da lag das ganze Volk auf vollen Garben,
Kein Platz war leer, und keiner durfte darben.«

Conrad Ferdinand Meyer

Meine sehr verehrten, lieben Anwesenden!

Am Anfang dieses Jahrhunderts hat Rudolf Steiner das Christentum als eine »mystische Tatsache« bezeichnet, wobei mit dem Wort »mystisch« gemeint ist, daß sie sich nicht nur im irdischen Bereich, auf dem irdischen Plane abspielt, sondern auch Mysteriencharakter hat, den Charakter des Verborgenen, des Geheimnisvollen. Und gerade wenn man darauf blickt, kann man ja sehen, daß es nicht nur *eine* Tatsache, *ein* Ereignis ist, sondern ein Geschehen, das große Abschnitte hat, man könnte auch sagen Stufen, wobei die eine immer die Voraussetzung für die folgende ist.

Daß das Christus-Jesus-Wesen durch dreieinviertel Jahre als göttlich-menschliches über die Erde gewandelt ist, hat zur Voraussetzung, daß das göttliche Christus-Ich die geistige Welt verlassen, ja sogar seine göttliche Majestät und Kraft aufgeopfert hat, um in dem Leibe eines Menschen auf Erden anwesend zu sein. Auch dieser Mensch Jesus mußte die Möglichkeit haben, dieses Gottes-Ich in seine Seele, schließlich sogar in sein Leben und in seinen Leib voll aufzunehmen. Eine doppelte Voraussetzung für den Erdenwandel Christi bilden der Erdenabstieg der Christuswesenheit und die Opferhingabe des Menschen Jesus. – Dieser Erdenwandel wurde durch alle Taten, Worte und Lehren, durch alles, was an Schicksalen, schließlich an Leiden von diesem göttlich-menschlichen Wesen erlebt und erfahren worden ist, die Voraussetzung für Tod und Auferstehung. – Und wiederum waren die Auferstehung, das Leben des Auferstandenen in den vierzig Tagen nach der Auferstehung bis zur Himmelfahrt die Voraussetzung für die Himmelfahrt. – Man kann fragen: Wofür ist nun die Himmelfahrt die Voraussetzung? Wir haben gestern versucht, das Himmelfahrtsgeschehen ein wenig von innen anzuschauen, und wir konnten es uns nur dadurch einigermaßen nahebringen, daß wir zunächst von dem Wesen des Opfers sprechen mußten. Wir sagten, daß ein Opfer immer von einem Wesen ausgehen muß, das entweder eine Substanz, eine Kraft oder sogar sich selber opfert; daß das Opfer zugleich ein Freiheitselement enthalten muß, denn die Opfertat ist nur dann ein Opfer, wenn

volle Freiheit waltet und keine Notwendigkeit; und schließlich, daß das Opfer sinnvoll ausgerichtet ist, auf irgendeinen Weltvorgang oder auf ein Wesen.
Wir haben dann versucht, im Hinblick auf das Christus-Ereignis etwas deutlicher zu fassen, *was* nun geopfert wird und was sich opfert. Es gehört zu dem Mysterium von Golgatha hinzu, daß der Auferstandene alles, was durch Tod und Todessieg und Auferstehung entstanden ist, dieses ganze einzigartige übersinnliche Wesen, durch die vierzig Tage hindurch von Anfang an schon so entfaltet, daß sich daran fortwährend das Opfer der Himmelfahrt vorbereitet. Der Auferstandene bleibt nicht, was er ist in dieser entstandenen, einmaligen großartigen Wesenheit, mit seinem Ich, seinen Seelen- und Lebenskräften, mit seiner übersinnlichen Leiblichkeit und mit all den Vollmachten, die er erringt, sondern er opfert das alles am Tage der Himmelfahrt an den Vater. An den Vatergott, dessen Wille in den Himmeln *und* auf der Erde geschieht, so daß die Hingabe, das Sich-Hinopfern an den Vater ein Sich-Hingeben ist an den väterlichen Willen, der auf Erden weiter wirkt und weiter schafft. Darum heißt es im Credo der Christengemeinschaft: Er »lebt als der Vollführer der väterlichen Taten des Weltengrundes«. Hier zeigt sich schon die erste von jenen von innen her anzugehenden Paradoxien der Himmelfahrt: Indem der Christus in dieser Weise bei dem Vater wohnt, kann er gerade dadurch bei uns Menschen wohnen; er ist nicht fortgegangen von uns zum Vater, sondern indem er zum Vater geht, wird dieses Hingehen ein stärkeres Näherkommen zu uns.
Zum anderen vollzieht sich die Hingabe, das Opfer an die Erde. Wiederum entsteht für uns eine Paradoxie darin, daß er als ein einheitliches göttlich-geistiges Wesen in dem eigentlichen Himmelfahrtsgeheimnis die ganze Erde als seinen Leib empfängt. Rudolf Steiner hat – ich habe das gestern

abend vorgelesen – ganz eindeutig beschrieben, wie man die Erde falsch sieht, wenn man sie ohne den Christus sieht; es ist ein Irrtum, die Erde ohne den Christus zu denken; man bleibt, wenn man sie ohne Christus denkt, bei dem Toten, dem Sterbenden der Erde. Es gibt überhaupt nichts mehr auf der Erde, was nicht von dem Christus berührt und durchdrungen wäre. Steiner führt diesen Tatbestand so weit aus, daß jedes Atom der irdischen Materie seit der Himmelfahrt durchdrungen sein kann von dem Christuswesen, von dem Leben des Christus. Da es sich aber immer dabei um das Christuswesen handelt, liegt in diesem Umfassenden etwas Einheitliches. Man hat, wenn man das denkt, die Totalität einer ungeheuer großen Mannigfaltigkeit und dennoch etwas ganz Einheitliches.

Durch das Opfer der Einmaligkeit der vierzig Tage ist dieses allumfassende Einheitliche des Christus für die Erde entstanden, gleichzeitig aber das Gegenteil davon, nämlich die Möglichkeit, in jedem Augenblick und an jedem Ort der Erde einzeln ganz dazusein. Man kann das intellektuell nicht verstehen, genausowenig wie man intellektuell die Paradoxie verstehen kann, die ich gestern abend dargestellt habe: Gerade dadurch, daß das Christuswesen die ganze Erde einheitlich mit seinem eigenen göttlichen Wesen, mit seinem eigenen göttlich-geistigen Reich umgreift und durchdringt, kann auch das Gegenteil davon geschehen: Der Christus kann in einem Moment an einem bestimmten Ort der Erde vollständig gegenwärtig sein; vollständig, so daß man nicht sagen kann, ein Teil des Christus sei anwesend da, sondern er ist *ganz* anwesend. So ist das Reich Christi auf der Erde konstituiert.

Diese allgegenwärtige Vereinzelung, Individualisierung für die Erde kann für jeden einzelnen Menschen eintreten. Das Christuswesen kann für jeden einzelnen von uns, nur für ihn, und nicht für einen anderen so wie für ihn, vollständig –

ich darf jetzt einmal so sagen – *sein* Christus Jesus sein. Zugleich ist er der Christus Jesus eines jeden anderen, zugleich ist er der Christus Jesus der gesamten Erde. Das heißt, es ist auf Erden ein Reich entstanden, das den Bau der Erde durchdringende Reich der Himmelfahrt Christi, das im tiefsten inneren Wesen den Charakter der allgegenwärtigen Einheit und der ins Unendliche möglichen Vervielfältigung dieser Einheit trägt. Diese Einheit und Vielfalt zugleich wurde dadurch möglich, daß sich das Christuswesen weiter verwandelt hat. Auch hier sind wir auf die Ergebnisse der Geisteswissenschaft angewiesen. Wir lesen in demselben Vortragszyklus, aus dem ich gestern abend vorgelesen habe, die folgenden Worte:

»Der Mensch lernt unablässig, indem er auf der Stufe, auf der er steht, sich immer weiter und weiter entwickelt. Aber nicht nur der Mensch, ein jedes Wesen, vom untersten bis zum höchsten göttlichen Wesen, lernt, indem es sich immer weiter entwickelt. Das, was der Christus als göttliche Wesenheit getan hat in dem Leibe des Jesus von Nazareth«, das hat zu etwas geführt, aufgrund dessen man fragen kann: »Hat der Christus dadurch auch in sich selber etwas erlebt, was ihn zu einer höheren Stufe geführt hat? Ja, das hat er. Auch göttlich-geistige Wesenheiten erleben etwas, was sie zu einer höheren Stufe führt. Das aber, was er erlebt hat, sein Hinaufsteigen in eine noch höhere Welt als die, in der er vorher war, das ließ er denen, die seine Genossen auf der Erde waren, erscheinen als seine Himmelfahrt.«

Es entsteht in der Erde für das Reich des Christus auf Erden ein noch höheres – man kann auch sagen ein noch tieferes – Gebiet als das vorhergehende. Und aus dem heraus, verehrte, liebe Anwesende, lebt das Christuswesen auf der Erde mit dem Vatergott, mit der Erde, mit uns Menschen. – Man kann, wenn man für die Himmelfahrt Bilder in der Natur sucht, eigentlich nur zwei finden. Das eine ist das der Quellwolke, die sich aus dem Unsichtbaren wie aus dem Nichts heraus bildet, eine Weile da ist und wieder verschwindet. Diese sich bildende, erscheinende und wieder sich auflösende, dem Blick entschwindende Quellwolke ist eigentlich das Bild für das, was aus der Sphäre der Himmelfahrt auf Erden fortwährend entstehen, sich im Augenblick an einem bestimmten Ort bilden kann, sogar erscheinen und dann wieder verschwinden kann.

Als das zweite Bild der Natur für die Himmelfahrt kann nicht etwa die Blüte gelten; die geöffnete Pflanzenblüte ist bereits ein Bild für das Pfingstliche. Wir müssen in das etwas Verborgenere der Blütenprozesse hineindenken, hineinschauen und wahrnehmen, daß eine einzige Pflanze, bevor sie blüht, die Anlagen für sehr viele Samenknospen in den Blüten gebildet hat. Diese knospenhafte Vorbildung der Samenanlagen in den Pflanzen der ganzen weiten Pflanzenwelt ist eigentlich ein Himmelfahrtsbild. Sie ist ein Bild dafür, wie aus dem Ganzen, Einheitlichen dieser Christuswelt, die seither auf Erden vorhanden ist, in jedem Augenblick etwas Einzelnes, Samenartiges vervielfältigend zu entstehen vermag und gleich der Himmelfahrtswolke in der Bildung sich wieder auflösen und in etwas anderes verwandeln kann.

Wofür ist die Himmelfahrt der Quellgrund, die Voraussetzung? Sie ist es zunächst dafür, daß aus dieser Himmelfahrtswelt das Christuswesen dem Menschen für dessen Bewußtsein, für dessen Seele das Pfingstfest sendet; das heißt also, das Bewußtsein erfährt eine Art Durchchristung und Durchleuchtung des Herzens, der Seele, wodurch sich der Mensch dem heilenden Geist öffnen kann. Die Himmelfahrt enthält aber noch eine andere Voraussetzung, nämlich diejenige für die Wirklichkeit des christlichen Kultus.

Seit den frühesten Tagen geistiger Evolution auf der Erde hat es in der Menschheit Kulte gegeben. Das Wesen dieser Kulte bestand darin, daß die alte Menschheit ein Bewußtsein, eine Erfahrung von zahllosen übersinnlichen göttlich-geistigen Wesen hatte, die das Weltenall durchwirken. Man kannte die Geistwesen des Tierkreisgebietes am Himmel oder die des Erd-Inneren; ich erinnere nur an die zwölf Titanen der Griechen oder die zwölf Hauptgötter der Ägypter. Man wußte, daß in den Planeten – zum Beispiel Jupiter, Mars, Merkur – göttliche Wesen leben und verehrte sie in ihnen eigenen sakralen Feiern. Man kannte die Sonnengötter, die Mondgötter; man kannte aber auch die Erdgottheiten, die mütterlichen Gottheiten, die Gottheiten des unterirdischen Weltgebietes. Sie alle wurden angebetet, in den Kulten wurde Umgang mit ihnen gepflegt. Alle diese alten Kulte haben eines gemeinsam: Die verschiedenartigen göttlich-geistigen Wesen gelangten insofern zur Erscheinung, als sie ihre Kräfte in den Kultus hineinsandten, je nach dem, ob ein Tieropfer, ein Pflanzenopfer oder ein Gebetsopfer dargebracht wurde. Auch impulsierten sie die den Kultus zelebrierenden Menschen mit Inspirationen. Aber in keinem einzigen Fall sind sie *selber* als übersinnliche Wesen in den Kultus eingegangen. Die vorchristlichen Kulte tragen gemeinsam diesen Charakter; so mannigfaltig sie auch sind – der den Kultus feiernde Mensch verband sich mit den Gottheiten seelisch und geistig, er gelangte zu Inspirationen, aber niemals zog ein Gott tatsächlich selber in den Kultus ein, sondern seine Erscheinung oder seine Kraft, sein Segen wirkten in den Lebens- oder Seelenkräften der Menschen und bis in die kultische Zeremonie.
Sobald wir von diesen Kriterien her den christlichen Kultus bedenken, sehen wir sofort, daß er sich von den alten Kulten radikal unterscheidet. Denn in den christlichen Kultus tritt das Christuswesen selber als Opfer und als Opfernder ein.

Als der einzige unter allen übersinnlich-göttlichen Wesen hat sich der Christus in einem Menschen so vollständig auf Erden verkörpert, daß er durch den Tod mit diesem Menschen hindurchgegangen ist und dann diesen Menschen in seine Auferstehung hineingenommen hat. Was durch den Todesdurchgang und die Auferstehung möglich wurde – die Bildung des Reiches der Himmelfahrt auf Erden –, ist schon vor dem eigentlichen Ereignis auf Golgatha vorbereitet worden. Dazu gehört das Abendmahl des Gründonnerstag. Aber auch vor diesem schon finden wir in den Evangelien noch weitere Vorstufen. Lange vor dem Gründonnerstag-Abendmahl der Karwoche hat der Christus Speisungen vollzogen, zum Beispiel die Speisung der Fünftausend. Was geschah dabei? Bedenkt man, wie die Evangelien sie beschreiben – und das Eigenartige ist ja, daß die Speisung der Fünftausend in allen vier Evangelien dargestellt wird, wobei die Einzelheiten bei Johannes besonders deutlich sind, Einzelheiten, die bei den andern sogar fehlen –, so handelt es sich immer um merkwürdige Zahlenverhältnisse. Einmal darum, daß es fünftausend und viertausend Menschen sind und die Speisung – jener der Fünftausend – gebunden ist an fünf Brote und zwei Fische. Mit diesen fünf Broten werden die zu fünfzig und fünfzig, zu hundert und hundert auf dem grünen Grase lagernden Menschen gespeist. Obwohl bei dieser Speisung etwas verbraucht worden ist, sind danach zwölf mit Brot gefüllte Körbe da. Aus der Fünfheit wird eine Zwölfheit. Es tritt etwas Ähnliches wie in jener Paradoxie ein, in der das Sich-Entleerende sich zugleich anfüllt. Eine Vermehrung, eine Vergrößerung des Geopferten, des Hingegebenen findet statt. – An dieser wunderbaren Speisung ist sehr viel herumgerätselt worden, immer wieder haben Theologen und Religionsphilosophen versucht, das geheimnisvolle Ereignis zu deuten. Als an Rudolf Steiner die Frage herangetragen wurde, ob diese Speisungen in Wirklichkeit geschehen oder ob sie nur symbolisch zu verstehen seien, antwortete er, daß sie sich nicht auf dem irdischen Plan mit irdischem Brot vollzogen hatten, sondern in der geistig-seelischen Welt, und die Imaginationen der fünf Brote und zwei Fische jene Seelennahrungskräfte dargestellt haben, die aus den Sternen stammen. In den Broten erfährt die Seele eine Ernährung mit all dem, was ihr fehlt, um geisterfüllt und vollständig zu sein. Die Speisungen stehen in Zusammenhang mit der Tatsache, daß die Seele des Jesusmenschen durch das Einwohnen des Christus aus einer bedürftigen, sehnsuchtsvollen Menschenseele umgewandelt worden ist in eine mit Sternenkräften erfüllte Seele, die ernähren kann. Denn die Kräfte, mit denen die Seele des Jesus erfüllt wurde, strömten aus den Sternen her, das heißt aus denselben Weltgebieten, aus denen in der vorchristlichen Zeit bei den vorchristlichen Opfern und Kulten die Götterkräfte in die menschlichen Kulte eingezogen waren. Diese göttlichen Kräfte und Wesen wurden mit der Seele des Jesus so verbunden, so identisch, daß von nun an nicht mehr die Götter den Menschen Seelennahrung spenden, sondern daß er es ist, der die göttlichen Kräfte den Menschen als Seelennahrung bringt, weil seine Menschenseele durch den Christus die Quelle der Götterkräfte, das Weltenwort, in sich aufgenommen hat. Er ist zum Träger der übersinnlichen Seelenkräfte und -Gewalten der Götter des Fixsternhimmels und des Planetensystems geworden.

Bei diesem übersinnlichen Vollzug sind die Jünger beteiligt. Sie erleben ihn gemeinsam, erleben, daß der Jesus die speisenden Seelenkräfte, die er jetzt durch den Christus empfängt und über die er voll verfügt, nicht direkt weitergibt, sondern sie als Zukunftsmöglichkeit in der Seelenwelt voll veranlagt. Eine Art himmlisches Ursakrament tritt in Kraft, indem die Seele des Christus Jesus aus der Zwölfheit der Sternenwelt, aus deren Fünfheit und Zweiheit seelennäh-

rende Kraft erhält, die er ganz mit sich identifizieren kann und dadurch selber der Seelennahrung, Seelenheil Spendende wird. Die Jünger sind in ihrer Zukunftsschau so eingewoben, daß auch ihr zukünftiges sakramentales Handeln in dieser großen Geistesschau mit in Erscheinung tritt. Nicht länger muß sich der Mensch an die mehr und mehr entrückten Sternengötter wenden; die Kräfte, welche die Sternengötter in früheren Jahrtausenden den Menschen geschenkt haben, gehen jetzt von dem Christus Jesus selber aus. Die Quellgründe der Speisung, des Kultus ziehen aus den Sternenwelten in den Christus Jesus ein, er übernimmt und verfügt über sie.
Zu einem späteren Zeitpunkt werden die Jünger dann ansichtig der Speisung der Viertausend, bei der merkwürdigerweise von sieben Broten und wenig Fischlein und nachher von sieben Körben die Rede ist. So kann man deutlich erkennen, daß es sich in der Speisung der Fünftausend mehr um Kräfte handelt, die mit dem Fixsternhimmel, mit der Zwölfheit zusammenhängen, bei der Speisung der Viertausend mehr um jene, die aus den Planeten herwirken. Auch hier gehen die von dem Christuswesen ausstrahlenden seelennährenden Kräfte auf die Jünger über und durch sie hindurch zu den übrigen Menschen.
Verehrte Anwesende, ich weiß wohl, daß es für uns heute ein Problem ist, solche Gedanken zu denken; unser Bewußtsein für die großen spirituellen Tatsachen ist noch nicht genügend entfaltet. Aber wir können uns an die Geschehnisse der Speisungen herantasten, wenn wir eben wirklich den Unterschied ins Auge fassen zwischen dem unmittelbaren Einwirken der Sterne und jenen aus den Sternen in die Seele des Christus Jesus einziehenden geistig-seelischen Wirkungen, die nun von ihm in verinnerlichter, verwandelter, durchichter Kraft ausgehen auf die Jünger, auf die Menschen.

Während die Jünger mit dem Christus Jesus drei Jahre lang über die Erde wandeln, werden sie mehr und mehr dazu befähigt mitzuerleben, wie die makrokosmischen Kräfte, die Götterkräfte stufenweise in seine Vollmacht übergehen. Die Jünger erfahren zuinnerst, daß zum einen die Seele des Christus Jesus ein ganz neues Durchdrungenwerden mit seelennährenden, -tragenden, -tröstenden göttlichen Himmelskräften empfängt und zum anderen es seine Lebenskräfte sind, die sich mit denjenigen Kräften verbinden, die in alten Kulten, in alten Naturreligionen schon immer angeschaut wurden als die den Menschen die Sternenkräfte vermittelnden Lebenskräfte des Himmels und der Erde. Die Sonne ist der kosmische Mittelpunkt für diese Lebenskräfte. Man erlebte die Sonnengötter so, daß sie diejenigen sind, die die ausgebreiteten und mannigfaltigen Sternenkräfte in sich zusammenfassen und dadurch die Hauptgötter innerhalb der Hierarchien sind. Sie fassen zusammen und vermitteln zum Menschen, was sonst im Kosmos ausgebreitet lebt; andererseits übertragen sie das Zusammengefaßte auf die Erde, sie vereinzeln es dort nach den jeweiligen irdischen Gegebenheiten. Die Jünger werden anschauend dessen gewahr, daß bei der Verklärung auf dem Berge das Christuswesen in seinen Lebenskräften vollständig durchsonnt ist; die Sonnenwirksamkeit, die Sonnengewalt der vorchristlichen Götter zieht in ihn ein, und er kann sich mit ihnen so verbinden, daß er jetzt selber der Sonnenmittelpunkt wird für die vorher in seiner Seele versammelten Sternenkräfte. Dadurch entwickelt er die Möglichkeit – die durch seine Verklärung sichtbar wird –, bis in die Lebensleiber der Menschen, nicht nur bis in die Seelen, ernährend und heilend hineinzuwirken. Wo sind die Quellgründe für den christlichen Kultus zu suchen? Die Quellgründe für den *christlichen* Kultus, für das, was das Christuswesen zunächst selber kultisch zelebriert, sind auf der einen Seite in den Welten der Fixsterne

und Planetengötter zu finden, auf der anderen in der Sonne selbst und auch dort, wo die Sonnenkräfte durch die Mondenkräfte gefäßartig gespiegelt sind.
Das außerordentlich Bedeutsame ist, daß in dem Moment, in dem Christus Jesus diese Sternen-, Sonnen- und Mondenkräfte versammeln, verwandeln und ausstrahlen kann, er den Jüngern seinen Tod verkündet. Unmittelbar vor der Verklärung hat dann der Christus Jesus seinen Jüngern gegenüber zum ersten Mal von seinen zukünftigen Leiden und seinem Tode gesprochen (Matth. 16, 21).
Die Durchdringung mit den göttlichen Schaffenskräften erfährt fortlaufend ihre Steigerung, die Vollmacht über die Seelen erweckenden und Leben spendenden Geistströme verwirklicht sich mehr und mehr, so daß am letzten Tage vor dem Tode, am sogenannten Gründonnerstag vor dem Karfreitag, der Christus Jesus nicht mehr bloß das Seelische und Ätherische, sondern jetzt mit seiner göttlichen Vollmacht den physischen Bereich endgültig ergreift und mit den Jüngern zu Tische sitzt. Er hat das Mahl von den Jüngern vorbereiten lassen, es ist das Passahmahl. Es hat zu diesem Mahl in der Theologie viele Kontroversen gegeben, weil das Passahmahl der Juden am Freitag begangen wurde, die Einsetzung des Abendmahls aber schon einen Tag zuvor geschah. Dieses Passah einen Tag vor dem Todestag ist das kultische Liebesmahl der Essäer gewesen.* Das Wort »Passah« heißt ja »der Vorübergang«, in diesem Wort brach die Erinnerung an das Vorübergehen der Gottheit bei dem Strafgericht in Ägypten vor dem Auszug auf, es wurde beim Passah die Haggada gelesen, die »Geschichte«, die »Erzählung«. Die Lesung der Haggada und das Passahmahl waren festgesetzt nach der Passahordnung, dem Seder. Aus den

* Die hier angedeutete Problematik hat Emil Bock ausführlich dargestellt, z. B. in »Cäsaren und Apostel« das Kapitel über das Coenaculum.

Büchern des Mose wissen wir, daß das kultische Mahl ein Tieropfer einbezog, es mußte ein Lamm geopfert werden. Aber schon während der Babylonischen Gefangenschaft hatte sich mit diesem uralten Tieropfer des Passahmales das Fest der Mazzot verbunden, ein reines Pflanzenopfer, so daß die beiden Opfervorgänge zu einer eigenartigen einheitlichen Gesamtfigur wurden, indem die Juden auf der einen Seite das Lamm opferten, auf der andern aber Brot, Wein und Kräuter in den Opfergang mehr und mehr einbezogen. Eine Ur-Erinnerung bewahrt sich in dem doppelten Opfer, die Erinnerung an Abel, den Hirten, der ein Tieropfer darbringt, und an Kain, den Ackerbauer, der ein Pflanzenopfer darbringt. Der Orden der Essäer, der sich im letzten Jahrhundert vor Christus begründete, lehnte dann das Tieropfer vollständig ab – die Essäer mieden Fleischkost – und beging nur noch das Pflanzenopfer von Brot und Wein.
An einen solchen Opfertisch setzt sich der Christus Jesus einen Tag vor seinem Tode. Jeder der Evangelisten beschreibt aus seiner eigenen Geistesschau, was sich dann vollzieht. Leonardo da Vinci hat in seinem Abendmahlbild die Größe dieser Weltenstunde vor Augen zu stellen versucht. Denken Sie daran, wie er die Hände Christi gemalt hat, wie die Rechte auf den Wein weist, die Linke auf das Brot. Die Bewegung der Hände muß innig zusammengesehen werden mit dem Seelenaufblick zu dem Vatergott in den nach innen gerichteten Augen, die eigentlich wahrnehmen, was im Herzen vorgeht. Dank und Hingabe vereinen sich darin. In den Evangelien finden wir zwei griechische Worte für »danken«: eulogaesas und eucharistaesas, sie kommen immer wieder vor in den Beschreibungen. Das erste dieser beiden Worte hat mehr den Charakter von »Danksagung«; das zweite hat zum Inhalt mehr das Gnadevolle des göttlichen Waltens, in das sich das menschliche Danken einfügt. In dem Zusammenspiel dieser beiden Elemente liegt das

Umfassende eines Dankens, in dem menschliches und göttliches Handeln sich verbinden. Das Entscheidende dabei aber ist, daß diese umfassende Dankgebärde aus sich selber heraus übergeht in eine Gebärde der Liebe. Diese besteht in einem realen Ausfließen der Hüllen des Jesuswesens, das durchströmt ist von der Schöpferkraft der Christusliebe. Dieser Strom zieht aus dem Herzen, durch die Hände in das Brot und in den Wein auf dem Tische. Das Überfließen in das Brot wird nur dadurch möglich, daß der Christus Jesus vorher zu dem Vater aufgeblickt und ihm gegenüber ein ganz umfassendes, alles umgreifendes Dankgefühl entwikkelt hat. Man muß sich das sehr konkret vorstellen, meine verehrten, lieben Anwesenden: Im Anblick des Vaters und im Anblick seines eigenen Todes ergreift der Christus Jesus das Brot, dieses Pflanzen- und Fruchtopfer. Er erlebt, daß sich aus dem Brote Kräfte zurückziehen, die von dem Vater als dem göttlichen Träger der Naturprozesse stammen, und während er diesen Vorgang erfühlt, strömt von ihm selber etwas über auf das Brot, so daß es eine Aura bekommt. In diesem Abendmahl vor dem Tode und der Auferstehung vollzieht sich an kleinstem Orte, in Brot und Wein, was nachher bei der Himmelfahrt im Großen geschieht: Die Vaterkräfte ziehen sich zurück, die Erde erhält Todeskräfte, und der Sohn zieht in die Erde ein, er begründet in ihr sein Reich. Im Abendmahl bekommt das Brot eine Aura, die Erde bekommt eine Aura. Es leuchtet um das Brot herum übersinnlich auf, was aus den Sternen in die Seele des Christus Jesus eingezogen ist, die Seele eint sich mit diesem Brote, und auch was von der Sonne hereinströmt in die Lebenskräfte, eint sich mit dem Brot. Nicht nur ein Seelenvorgang, sondern auch ein Lebensvorgang ist das. Und als sich die Vereinigung erfüllt hat, als sie in Kraft getreten ist, spricht der Christus Jesus: »Das ist mein Leib.«

Schauen Sie noch einmal zurück auf die Speisungen, in

denen der Christus Jesus sein Erdenreich zu begründen beginnt, dann auf die Verklärung als eine weitere entscheidende Vorbereitung für den Gründonnerstagabend, in dessen Abenddunkel das Ergreifen der Erdensubstanz volle Wirklichkeit wird: Das Brot leuchtet auf, es bekommt eine Aura. Dasselbe geschieht auch mit dem Wein in der Durchdringung mit den Liebeskräften des Christuswesens. Die Jünger nehmen das mit ihren gelockerten Seelenkräften entweder gefühlsmäßig glaubend oder übersinnlich schauend wahr. Christus vollzieht den Kultus als ein Spendender, in Wahrheit als ein Sterbender. Sein Sterben beginnt, indem er aus der hüllenhaften Einzigartigkeit seines Lebens und seiner Seele hinüberstirbt in das Brot und in den Wein. Er stirbt nicht von der Erde fort, sondern zur Erde hin. Sein Sterben ist die Wandlung von Brot und Wein in das, was jetzt sein Leib und sein Blut wird. Man nennt das in der Theologie den Uranfang der Transsubstantiation. – Die Jünger empfangen das Sakrament.

Es folgt dann das Opfergeschehen des Karfreitag, das Hindurchgehen durch den Tod, es folgt die Auferstehung. Und in den nächsten vierzig Tagen geschieht, was am Gründonnerstag aus dem Irdischen, dem Sterbenden heraus angefangen hat, jetzt aus der Sphäre des Auferstandenen. Er starb aber nicht hinaus in die geistige Welt, sondern in Brot und Wein hinüber in die Erde. Am Gründonnerstagabend fließt die Materie verwandelnde Kraft des Christus Jesus aus dem sterbenden Menschenleibe in die Fruchtleiblichkeit der Erde, in Brot und Wein über. Sie werden jetzt sein Leib und sein Blut. In den vierzig Tagen zwischen Ostern und Himmelfahrt haben dieselben Kräfte die leuchtende Geistgestalt und das strömende Liebeblut des Auferstandenen erzeugt. Von ihm aus – also nicht mehr aus der Erdenmaterialität sterbend, sondern aus der Geiststofflichkeit belebend – strömt jetzt die Verwandlungskraft. Sie wirkt aus dem Übersinnlichen des Auferstandenen in die Sinneswelt der Erdenfrüchte zurück. Dieser Kraft muß entgegenkommen das Brechen des Brotes durch die Jünger und das Verteilen des Weines im Liebesmahl der essäischen Ordnung. Immer wieder haben die Jünger die Imagination: Er kommt, er ergreift – das war ja am Ostersonntagabend in Emmaus schon der Fall –, er ergreift das Brot, bricht das Brot, und das Brot leuchtet auf in einer Aura, in einem übersinnlichen Glanz, den es vorher nicht hat, es bekommt eine übersinnliche leibbildende Kraft, die ihm vorher nicht innewohnte.

Diese sich mitteilenden Vergegenwärtigungen geschahen in aller Stille durch die vierzig Tage hindurch, bis der Vorgang den Auferstandenen selber ergreift und bis geschieht, wovon wir gestern versucht haben zu sprechen: Er opfert sich an die ganze Erde hin; und die ganze Erde wird von einer neuen Aura durchdrungen. Damit aber die Erde die Möglichkeit hat, mit der Kraft der Liebe und dem Licht des Auferstandenen durchdrungen zu werden, muß auch in ihr etwas geschehen. Alle die die Natur tragenden Lebenskräfte sind die des Vatergottes. Bei jedem natürlichen Tod wird ein sterbendes Wesen diesem Leben entrissen und durch den Todesvorgang in das Leben des Außerirdischen hinübergetragen. Beim Tod auf Golgatha war das anders. In dem Maße, wie der Sohn sich an die Erde opfern wollte, zog der Vatergott seine Leben tragenden Kräfte aus den Bereichen der Erde zurück, in die jetzt der Sohn eintreten sollte. Jetzt wurde der Vater zum Tod, in den der Sohn aufgenommen wurde, und aus dieser Sphäre der sich zurückziehenden Vaterwelt leuchtete jetzt die Lebenssphäre des Sohnes auf. »Im Tode ward das ewige Leben kund« (Novalis). In diesem Tode ist der Vater der Tod. – Vom Kreuz auf Golgatha breitet sich die Aura des Reiches Christi in atmenden Lichtwellen nach Norden, Süden, Osten und Westen aus in die ganze Erde hinein.

Und sehen Sie, was in den vierzig Tagen immer wieder von

dem Übersinnlichen her sich zuträgt, das geht als Möglichkeit, als Potenz bei der Himmelfahrt über in das geheimnisvolle Reich, von dem ich vorhin gesprochen habe, in das Reich der Erhöhung, und wird Quellgrund. Es wird zum Quellgrund dafür, meine sehr verehrten, lieben Anwesenden, daß wir heute an jedem Ort der Erde das Sakrament vollziehen können, indem wir das Brot, das als Erdenfrucht, als Gebilde der ganzen Erde *schon* der Leib Christi ist, und den Wein, der als Frucht, wiederum als Gebilde der ganzen Erde, *schon* das Blut Christi ist, jetzt individualisieren, vereinzeln für diesen Sonntag, Montag, Dienstagvormittag, morgens, in Stuttgart, New York, San Francisco, in – wo immer, und daß wir im Vollzug des sakramentalen Geschehens nun tatsächlich das *christliche* Sakrament haben, den *christlichen* Kultus, in den nicht mehr nur die Kraft und das Licht des Christus hereinwirken, sondern Er selbst. Er *selber* ist in dem Sakrament, er *selber* ist wirksam, er *selber* vollzieht im Zusammenwirken mit dem Vatergott die Wandlung, so daß das Brot am Altar, besonders im Augenblick der Konsekration, Seine Aura bekommt.

Worin besteht diese Aura nun? Wir haben im Kultus Worte, die uns in das Bewußtsein heben, was im Evangelium so deutlich nicht zum Vorschein kommt. Im Evangelium heißt es: »Tut dieses zu meinem Gedächtnis«, also: zu meiner Vergegenwärtigung. Im Kultus erfahren wir, daß der Christus am Gründonnerstagabend bei dem Übergang seiner Seelen- und Lebenskräfte auf Brot und Wein darauf hingewiesen hat, wie sie vollständig wirksam werden am Kreuz, indem der Leib, der am Kreuze hängt, der Träger für eine menschenbildende Kraft wird, die *Bekenntnis* heißt, und das Blut, das vom Kreuze fließt, Träger einer Kraft wird, einer menschenstärkenden Kraft, die *Glaube* heißt. Es wird in der Wandlung von dem »neuen Bekenntnis«, von dem »neuen Glauben« gesprochen.

Erlauben Sie nun einen etwas gewagten Gedanken: Der am Kreuze hängende Menschenleib trägt die Kraft des Bekenntnisses. Die unmittelbare Wortfassung und Auswirkung dieses Bekenntnisses kennen wir in zwölf Sätzen. Was bedeuten die zwölf Sätze unseres Bekenntnisses: »Ein allmächtiges, geistig-physisches Gotteswesen ist der Daseinsgrund der Himmel und der Erde, das väterlich seinen Geschöpfen vorangeht . . .« Dieses Bekenntnis ist ein fortwährend in die Zukunft hinein schaffendes und wirkendes Geschehen. In ihm wird der Mensch gebildet, nicht der von Natur aus geschaffene, sondern jener Mensch, der mit der göttlichen Trinität zusammenhängt. Wenn es heißt: »Christus, durch den die Menschen die Wiederbelebung des ersterbenden Erdendaseins erlangen«, so ist dieser Satz geradezu das Schlüsselwort zu der Bildung des neuen Menschen. – Das christliche Credo, das christliche Bekenntnis ist nicht bloß eine Summe von zwölf Sätzen, in denen Tatsachen und Wahrheiten ausgesprochen werden; diese Sätze enthalten die Verwandlungspotenz jener zwölf Fixsternkräfte, die den Menschen als Naturwesen einst geschaffen haben und die jetzt durch die Auferstehung und durch den Kultus den menschlichen Leib so ergreifen, daß sie ihn im Sinne des Credo verwandeln können. Man *darf* zu denken versuchen, daß am Altar, beim Zelebrieren des christlichen Kultus, das Brot zum Leibe Christi wird, weil in der Aura dieses Brotes die zwölffache menschenbildende und menschenheilende Kraft im Sinne des Credo als dem umfassenden christologischen Weltprozeß anwesend ist.
Fragen wir nun auch noch: Was geschieht, wenn wir den Kelch erheben und der Wein im Kelche seine Aura bekommt? »Es fließt vom Kreuze im Blute der neue Glaube« – in diesem Sinne wird es in der Menschenweihehandlung ausgesprochen. Gewiß, man kann das Wort »Glaube« natürlich auf menschliche Verhaltensweisen

anwenden. Aber es handelt sich hier nicht um den menschlichen Glauben, sondern um den Glauben des Christus selber. Im fließenden Blute Christi strömt sein Glaube. Wieder darf man versuchen, noch etwas deutlicher zu fassen, was geschieht, wenn der Wein im Kelche Seine Aura bekommt. Denn so wie die zwölf Grundkräfte der menschlichen Bildung in den Sätzen des Credo enthalten sind, auf christliche Weise, so gibt es die Glaubenskraft als menschenseelenstärkende Christuskraft. Sie ist in den sieben Sätzen des Vaterunser-Gebetes enthalten. Nicht die Menschen haben das Vaterunser zum ersten Mal gebetet, sondern Christus selbst hat es gebetet. Und was sind denn diese sieben Sätze des Vaterunsers anderes als der Glaube, die seelische Glaubenskraft des Christus an den Menschen und an das, was er mit den Menschen gemeinsam hat, indem er Bruder unter den Menschen ist!

Es ist kein Zufall, verehrte Anwesende, daß im Vollzug des christlichen Sakramentes zunächst das Credo auftritt, zwischen Evangelium und Offertorium, dann zwischen Offertorium und Wandlung die stille Räucherung vollzogen wird, bei der kein Wort gesprochen wird, und daß zwischen Wandlung und Kommunion die sieben Sätze des Vaterunsers gesprochen werden. Bekenntnis – Opfer – Glaube.

Das Brot, das bei dem christlichen Kultus eine Weihe, eine Wandlung erfährt, wird der Träger des Bekenntnisses als menschenbildende Kraft und entspricht den im Credo lebendigen Kräften; es gibt dem Menschen eine Gesamtgestalt, die ihn ganz neu in den Kosmos zwischen Vater, Sohn und Geist, zwischen Mensch und Mensch, zwischen Mensch und Erde hineinstellt. Und was dem Wein am Altar die Aura gibt, entspricht den sieben Sätzen des Vaterunsers; durch den Wein entsteht eine seelische Kraft, die dem Menschen in seiner ringenden Seele hilft, selber an dem Glauben Christi

an den Menschen teilzunehmen, so daß die Seele erhoben, gereinigt, geheilt und umgewandelt werden kann.
Aus dem Bereich der Himmelfahrt als dem eigentlichen *Quellgrund des christlichen Kultus* strömt fortwährend die verwandelnde Kraft in den Kultus herunter, indem der einheitliche Christus in jeder kultischen Handlung, wo auch immer sie gefeiert wird, ganz individuell seinen Leib, sein Blut und sein Ich mit dem sakramentalen Vorgang real verbindet, so daß wir ihm zusehen und zuhören können. Er ist selbst gegenwärtig.
Was also zeigt sich in den Auswirkungen der Himmelfahrt? Goethe läßt im zweiten Teil des »Faust« den Pater Seraphicus zum Chor der seligen Knaben sprechen:

»Steigt hinan zu höherem Kreise,
Wachset immer unvermerkt,
Wie, nach ewig reiner Weise,
Gottes Gegenwart verstärkt.
Denn *das* ist der Geister Nahrung,
Die im freisten Äther waltet:
Ewigen Liebens Offenbarung,
Die zur Seligkeit entfaltet.«

Nicht von ungefähr geht im Johannes-Evangelium die Fußwaschung dem Abendmahl voran, diese Tat hinströmender Liebe, die menschenerlösende, menschenbildende, menschenschaffende Kraft hat, und diese Kraft strahlt schon aus der Sphäre der Himmelfahrt her.
Ich möchte nicht versäumen, Sie auf das Buch von Emil Bock, »Cäsaren und Apostel«, hinzuweisen, in dem er beschreibt, wie der christliche Kultus in den Tagen zwischen Himmelfahrt und Pfingsten zum ersten Mal als von einem *Menschen,* dem Bruder des Herrn, Jakobus, zelebriert und vollzogen worden ist. Nach Bock kann man sagen, daß in den Tagen zwischen Himmelfahrt und Pfingsten der Bruder

des Christus Jesus, Jakobus, erschaute, wie Christus aus der Himmelfahrtssphäre den Kultus zelebrierte; und Jakobus übernahm dieses Zelebrieren von Christus, so daß er als erster Mensch von sich aus den christlichen Kultus beging. Bock sagt:

> »Das heilige Mahl, das sie [die Jünger] bisher allein als *Empfangende* des Auferstehungsmysteriums begangen hatten, war zugleich das Mittel, das es ihnen möglich machte, zu *Bringern* der Kraft und des Segens Christi für alle Völker der Erde zu werden ... Die Christusoffenbarung, die Jakobus zuteil wurde, und die Erlebnisse der Jünger, die sich daran anschlossen, bedeuteten die eigentliche Einsetzung und Geburt des christlichen Kultus.«

Wenn wir also morgen den einzigen Sonntag der Himmelfahrtszeit feiern, dann dürfen wir das mit dem Empfinden tun: Auch jetzt und heute und morgen, an dem einzigen Sonntag dieser Himmelfahrtszeit, vollzieht sich immer wieder die Neueinsetzung des christlichen Kultus aus dem Bereich der Himmelfahrt des Christus Jesus, *wenn*, meine sehr verehrten, lieben Anwesenden, die Menschen diesem Vollzug etwas entgegenbringen. Was ist das? Man wird als Priester oft gefragt: Wann darf man denn kommunizieren? Die Antwort gibt Rudolf Steiner:

> »Nehmen Sie jetzt irgend etwas von der Erde ... Wenn Sie sagen: ›Das ist ein Teil des Leibes des Christus Jesus!‹ – Was konnte der Christus sagen zu denjenigen, die ihn erkennen mochten? Indem er ihnen das Brot brach, das aus dem Korn der Erde kommt, konnte der Christus sagen: ›Dies ist mein Leib!‹ ... Ohne den Gedanken, der an den Christus anknüpft im menschlichen Herzen, kann keine Anziehungskraft entwickelt werden zu dem Christus-Geist beim Abendmahl. Aber durch diese

Gedankenform wird solche Anziehungskraft entwikkelt.«

Worin besteht diese Gedankenform? Novalis beschreibt sie in seiner »Hymne«:

»Wenige wissen
Das Geheimnis der Liebe,
Fühlen Unersättlichkeit
Und ewigen Durst.
Des Abendmahls
Göttliche Bedeutung
Ist den irdischen Sinnen Rätsel;
Aber wer jemals
Von heißen, geliebten Lippen
Atem des Lebens sog,
Wem heilige Glut
In zitternde Wellen das Herz schmolz,
Wem das Auge aufging,
Daß er des Himmels
Unergründliche Tiefe maß,
Wird essen von seinem Leibe
Und trinken von seinem Blute
Ewiglich.«
. . .

Die Herzensbeziehung des Menschen zu dem Christuswesen als Christus-Gedanke bildet die Anziehung, das Band zwischen der Himmelfahrtssphäre Christi und den den Kultus feiernden Menschen. Und *dann* empfängt das Brot Seine Aura, *dann* empfängt der Kelch Sein geistiges Lichtkleid.

Geisteswissenschaftliche Literatur zu den Motiven der Vorträge

1. Der Erdenabstieg des Christus

Rudolf Steiner, Aus der Akasha-Forschung. Das fünfte Evangelium. Dornach GA 148
- Der Mensch im Lichte von Okkultismus, Theosophie und Philosophie. Dornach GA 137
- Die Geheimwissenschaft im Umriß. Dornach GA 13

2. Zur Konstitution des Menschen und deren Veränderung durch den Sündenfall

Rudolf Steiner, Die Welt der Sinne und die Welt des Geistes. Dornach GA 134
- Theosophie. Dornach GA 9

3. Zur Frage der beiden Jesusknaben

Rudolf Steiner, Die geistige Führung des Menschen und der Menschheit. Dornach GA 15
- Aus der Akasha-Forschung. Das fünfte Evangelium. Dornach GA 148

Emil Bock, Kindheit und Jugend Jesu, Stuttgart 1980

4. Zur Frage der Auferstehung

Rudolf Steiner, Von Jesus zu Christus. Dornach GA 131

VORTRÄGE

Eine Schriftenreihe mit Vorträgen, die, im Rahmen der Christengemeinschaft gehalten, Themen von allgemeinem Interesse im Lichte spiritueller Welterfahrung behandeln.

2 Das Christentum in der Krise
Von *Johannes Hemleben*

3 Der Lebenslauf und seine Gesetze
Von *Diether Lauenstein*

4 Energiekrisen und Wachstumsgrenzen im Zeichen des Materialismus
Von *Friedrich Benesch*

5 Der Mensch und sein Erdenschicksal
Von *Johannes Hemleben*

6 Das Rätsel der Kometen
Von *Georg Blattmann*

7 Geld – Gold – Gewissen
Von *Gérard Klockenbring*

9 Christus-Erfahrungen
Von *Eberhard Kurras*

11 Der Mensch im Spannungsfeld von Gut und Böse
Von *Erwin Schühle*

13 Die vier Denkmodelle des Abendlandes
Von *Diether Lauenstein*

14 Materie und Licht
Von *Michael Debus*

15 Vom Leben der Verstorbenen
Von *Georg Blattmann*

16 Wiedergeburt in der Lebensmitte
Von *Johannes Lauten*

17 Gibt es die Auferstehung?
Von *Horst Lindenberg*

18 Friedrich II.
Von *Peter Müller*

19 Ostern
Von *Friedrich Benesch*

20 Die Reform des Paragraphen 218
Von *Michael Debus*

21 Von der Sendung und Führung des Kindes
Von *Christian Schädel*

22 Strahlende Materie
Von *Georg Blattmann*

23 Vom Tod zur Wiederverkörperung
Von *Michael Debus*

24 Von der Wirksamkeit des Auferstandenen
Von *Johannes Lenz*

VERLAG URACHHAUS STUTTGART